LA PETIT

NOËLLE CHÂTELET

La Petite
aux tournesols

ROMAN

STOCK

ISBN : 978-2-253-15023-7 - 1ʳᵉ publication - LGF

Mathilde est dans le train.

Le front collé à la vitre, les lèvres en rond, elle joue à la buée. Son haleine chaude s'évapore sur la vitre derrière laquelle défilent encore d'interminables étendues vertes.

Toute cette verdeur est déconcertante.

Ce n'est pas ainsi qu'elle conçoit l'été, sans l'océan au bout, et du sable partout, dans les sandalettes, sur les beignets à la confiture qui crissent sous la dent.

Ce n'est pas ainsi qu'elle conçoit les grandes vacances, sans les crabes au fond des trous d'eau, et les cerfs-volants papillons à l'horizon du ciel.

Parfois, entre deux ronds de buée, le jaune étincelant des boutons d'or lui donne des fausses joies. Les boutons d'or, c'est au nord, la maîtresse l'a dit.

Ce sont les tournesols qu'elle guette, les tournesols du Sud.

Il paraît que, de la maison, au milieu des vignes et des abricotiers, on pourra les voir parler, du matin au soir, avec le soleil, dans la langue des fleurs.

Ce sera à vérifier, évidemment, ainsi que tout

le reste d'ailleurs, toutes les promesses, car elle connaît sa mère et sa tendance à embellir les choses pour la contraindre à lui céder, jusqu'à affirmer des absurdités, par exemple qu'on s'amuse bien mieux à la campagne qu'à la mer, qu'une rivière infestée d'herbes et de vase est excellente pour la baignade et que Bénédicte, la fille de Christiane —, l'amie de maman qui doit partager la location —, eh bien, elle a beaucoup changé, elle sera une compagne de jeu idéale et mange normalement.

A vérifier...

« Ne colle pas ton visage contre la vitre, Mathilde. Ce n'est pas propre ! »

Mathilde se retourne. Comment expliquer que les tournesols ont besoin d'un peu de chaleur et qu'elle veut y contribuer, à sa façon, dans ce train qui la désespère avec tout ce vert autour ?

« Tu boudes ? »

Mathilde regarde la bouche, la bouche de Céline, sa mère. Cette bouche qui fait des promesses, si fausses, mais aussi des baisers, si vrais.

Ce n'est pas la bouche fâchée. C'est la bouche qui tombe, la bouche triste.

Mathilde est sur le qui-vive. Et si le sable, les beignets à la confiture, les crabes et les cerfs-volants lui manquaient aussi, à sa mère ?

Et puis, l'année dernière, c'est vrai, *il* est venu. Même si cela a fait des vagues, plus hautes qu'à la grande marée, même si les portes ont claqué la nuit plus fort que les drisses contre les mâts des bateaux : *il* était là.

Et s'*il* lui manquait, *lui* ? *Il* lui manque bien à elle...

« Non, je boude pas. J'ai froid... », répond Mathilde qui se serre contre sa mère.

Câlin. Câlin du froid.

Elle passe sa tête sous le bras, sa joue sur l'étoffe soyeuse du chemisier. Ferme les yeux. Laisse agir.

Rien de tel pour se réchauffer, avec le parfum en prime, car le parfum de Céline, à cet endroit, est incomparable.

Le roulement du train rappelle à Mathilde celui qui a emmené bonne-maman quand elle est partie pour Séville, avec Félix, son fiancé. Elle aussi elle s'en va, Mathilde, mais ce n'est pas pareil. Sa grand-mère a de la chance d'avoir Félix, de s'en aller loin avec un fiancé...

« Tu sais, maman, Bénédicte, c'est toujours ma copine, même quand elle chipote. Et Christiane aussi, c'est ta meilleure copine, hein ?

— Oui, je l'aime beaucoup. On sera très bien, toutes les quatre, entre femmes, tu verras ! » dit la bouche, moins triste.

Femme. Le mot lui fait tout drôle à Mathilde.

Une femme, c'est comme une fille mais avec quelque chose en plus, quelque chose de si mystérieux, de si alléchant aussi, au point de pousser les filles à écouter aux portes, à regarder par les trous de serrure des salles de bains.

Alors, ce titre de femme que sa mère vient de lui promettre ne lui fait pas seulement drôle

7

mais chaud, bien plus chaud encore que le bras soyeux et parfumé au-dessus de sa tête. Une chaleur qui fait grandir, pousser les tournesols.

Elle imagine le bâton de rouge à lèvres passant de main en main, les scènes d'essayage, les robes échangées. Un quadrille complice, traversé de rires, de connivences, mères et filles toutes copines, pour le grand jeu, le plus captivant de tous : être femme.

Mathilde sourit dans son abri odorant. Elle sourit à cette promesse qui pourrait bien tout changer, jeter aux oubliettes de l'enfance sable, crabes, cerfs-volants et beignets, même à la confiture.

Câlin sommeil...

La tête de Mathilde glisse vers le ventre de Céline. Une tête qui n'a pas tout à fait oublié la posture des limbes.

Genoux repliés, poings serrés, lovée contre sa mère, aussi tranquille dehors qu'elle le fut autrefois dedans, Mathilde a le temps de penser, avant de s'endormir, que cette promesse-là, suprême, il ne se peut pas qu'elle ne soit pas tenue...

Derrière la vitre du train qui s'emballe, le vert recule, le jaune l'emporte.

Mathilde ne sait plus bien comment elle est passée du doux roulement du train à ce grincement suraigu qui lui vrille les oreilles. A peine s'est-elle sentie soulevée sous un ciel qui lui a paru singulièrement étoilé, puis glissée dans des draps inconnus pour se retrouver, en culotte, une sandale à chaque main, soûle de sommeil, sur le pas d'une porte étrangère.

Eberluée, elle cligne les yeux sur quelqu'un qui ressemble à sa mère et la regarde venir en souriant, assise sous un parasol.

« Eh bien, pour dormir, tu as dormi ! »

C'est bien sa mère.

Mathilde traverse la terrasse, vacillante. Le carrelage lui brûle la plante des pieds.

« Mais c'est quoi, maman, ce bruit ?

— Ce sont les cigales, ma chérie ! »

Les cigales. A l'école, on en a parlé également. De grosses bestioles qui ne piquent pas et passent leur temps dans les arbres à se frotter bruyamment les cuisses quand elles sont contentes du soleil.

Mathilde s'assoit sous le parasol. Ses yeux s'habituent à la lumière. Elle découvre la maison. Elle en a imaginé une, il n'y a pas si longtemps, toute semblable à celle-ci, avec ses pierres un peu rosées, ses plantes grimpantes, ses volets très bleus et, de chaque côté, de grands arbres dont elle ignore le nom.

Elle s'en souvient parce que le dessin, elle l'a envoyé à bonne-maman, en Espagne, dès qu'elle a appris que cette année on irait à la campagne, dans le Sud, moins par enthousiasme que pour s'encourager à affronter un été sans la mer.

« Tu trouves pas que la maison, elle ressemble à celle que j'ai dessinée pour bonne-maman ?

— Ah ? Non, je ne trouve pas. »

Mathilde soupire : les mères, ça trouve jamais. C'est pourtant forcément la même maison.

« Tu veux manger ?

— Non, j'ai pas faim.

— Même pas un abricot tout chaud ? »

Les boucles blondes de Mathilde sont éloquentes : c'est non. D'ailleurs, « un abricot tout chaud », ça veut dire quoi ? On dit cela des croissants ou des pains au chocolat !

Céline fronce des sourcils. Elle n'a pas dû entendre souvent sa vorace enfant repousser l'offre d'un petit déjeuner. Elle ouvre ses bras, grands.

Escalade des genoux. Câlin réveil. Câlin matin. Mi-bouderie, mi-langueur...

La peau du bras nu de Céline a une odeur nouvelle.

Au pied de la table au parasol, une fourmi

géante, pliant sous un fardeau plus gros qu'elle, s'agite frénétiquement.

Le bourdonnement ininterrompu d'insectes en tout genre, qui s'élève des arbustes en fleur entourant la terrasse, en dit long sur l'entrain de la nature.

Quant à l'ardeur des cigales, elle est désarmante.

Tout le monde ici veut quelque chose. Mathilde ne veut rien.

« Quand est-ce qu'elle vient, Bénédicte, maman ?

— Demain. Demain soir. »

« Demain »... Elle redoutait cette réponse. Demain, on sait pas trop ce que cela signifie, c'est pas aujourd'hui en tout cas. Or, ce qui n'est pas aujourd'hui paraît si loin que ce n'est même plus la peine d'y penser. C'est comme de dire « On verra ». Tout aussi déprimant. Jusqu'à demain, il y a le temps de mourir, de la pire des morts : mourir d'ennui.

C'est arrivé plus d'une fois.

« Ça sent quoi, ton bras ?

— La lavande. Viens voir. Mets tes sandales. »

Mathilde fixe les lanières en soufflant, pour bien montrer l'effort auquel elle consent, elle qui ne veut rien. Tiens, c'est vrai, elle a oublié la lavande le long de sa maison pour bonne-maman !

« Je peux venir comme ça ? »

Mathilde montre la culotte en vichy rose.

« Bien sûr ! On est chez nous ! Même dans le verger ! »

Main dans la main, elles vont vers le jardin.

Malgré son humeur maussade, Mathilde doit reconnaître que ce dernier ne manque pas d'attrait. Multiples petits sentiers en tous sens vers des surprises sans fin : une fontaine de pierre avec son bassin d'eau, des plants de tomates dont certaines toutes mûres, une cabane en bambou remplie d'arrosoirs, de râteaux, de pelles, d'escabeaux, un clapier vide, une brouette en état de marche, une table basse en fer et ses deux fauteuils rouillés, et par-dessus tout, arrimée par des vieilles cordes tressées à la branche d'un arbre majestueux dont Céline affirme qu'il s'agit d'un cèdre, « un vrai cèdre du Liban », vermoulue, une balançoire en bois qui semble n'attendre qu'elle.

Mathilde se sent devenir beaucoup moins chagrine.

Il y a dans ce jardin comme une promesse de quelque chose. Rien à voir avec les promesses habituelles, qui s'échangent à la maison ou à l'école, et avec maman pour laquelle c'est devenu une manière de cohabiter, de vivre ensemble. Ce jardin ne promet rien en particulier, pourtant il promet tout. Il promet des espoirs informulés, des envies inexprimées, des souhaits invisibles, des désirs qui ne savent pas encore qu'ils sont désirs, parce qu'ils n'ont pas pris corps, en suspens, semblables à ces particules, ces flocons blanchâtres, transparents, qui flottent, ni fleurs ni bêtes, sous les marronniers, les soirs de mai, à Paris, et que Mathilde prend pour de la neige, tout en pressentant confusément que le printemps leur a fixé une tâche, qu'ils sont promis à quelque exigence de la nature.

Debout au milieu du jardin qui s'offre à elle, Mathilde a le sentiment, confus lui aussi, que lui et elle ont un avenir commun, qu'une sorte de présage les lie, peut-être une tâche, une exigence où la nature, cette fois encore, aurait son mot à dire...

La voix de Céline la sort de sa rêverie : « Viens. Je vais te montrer autre chose. »

Au fond du jardin, les sentiers se ramifient, convergent. Ils la conduisent à une barrière. Il suffit de la pousser...

De là, Mathilde chavire.

Elle ne chavire pas à cause de la hauteur (le paysage n'est que très légèrement en contrebas du jardin). Elle chavire à cause de la couleur : des milliers de tournesols la regardent fixement.

Sa mémoire de petite fille a beau faire vite, rassembler en un instant tous les pots, tubes, palettes, pinceaux de ses souvenirs, non, elle ne se rappelle pas avoir rencontré un jaune aussi jaune que celui rassemblé par toutes ces têtes tournées vers elle.

Eblouissement. Elle est éblouie, d'admiration, d'émerveillement.

Aveuglement. Elle est aveuglée par cet excès inattendu. Ce trop. Trop pour les yeux, pour l'entendement aussi, peut-être.

Céline a dû percevoir le léger vertige qui fait tanguer l'enfance.

Mathilde, de sa main gauche, se tient, se

retient à la main de sa mère, au bastingage, à la rambarde chérie.

Voilà une promesse honorée.

« Tu vois, je t'ai dit vrai pour les tournesols ! »

Les boucles blondes sont éloquentes : c'est oui. Mais sa mère ne lui a pas dit que les tournesols ne s'adressent pas seulement au soleil dans le langage des fleurs. Aux petites filles aussi, ils semblent vouloir parler. Les têtes, levées sur elle, sont comme un appel muet, une supplique étrange pleine de clameurs sans mots.

Mathilde met sa main droite en visière, pour se protéger de cette lumière si crue, si expressive, une main tout impressionnée.

C'est alors qu'elle découvre, de l'autre côté du champ, une bâtisse discrète, tapie sous un toit d'ocre.

« Il y a une autre maison ?

— Oui, c'est la ferme. On ira ce soir, pour chercher les œufs et le fromage de chèvre frais. »

Mathilde sourit pour de bon. Sans raison, cette ferme lui plaît, lui plaît même beaucoup et la perspective des chèvres — elle n'est pas sûre d'en avoir jamais vu, pas à la mer en tout cas qui fait plutôt dans les moutons, à la crête des vagues, les jours interdits de baignade.

Pour rentrer, on peut contourner le jardin par un autre chemin, au travers d'un verger planté d'abricotiers.

En cueillant son premier abricot dans l'arbre, Mathilde retient à peine un frisson de

14

plaisir. La peau veloutée est toute chaude, en effet, dans le creux de la main et le jus tiède et gras du fruit lui barbouille la bouche. Mais ce qui la trouble le plus, c'est l'impression qu'en arrachant à l'arbre ce trésor de sucre, elle commet quelque chose où l'interdit s'autorise.

Elle ne saurait dire pourquoi, sous le regard radieux et complice de sa mère, ce geste lui fait plus d'effet que si elle avait partagé avec elle son bâton de rouge à lèvres.

Mère et fille s'affalent, d'un seul cœur, sur le canapé de la vaste salle voûtée aux murs blanchis à la chaux.

Grâce aux volets fermés et au carrelage, la fraîcheur y est parfaite.

Mathilde récapitule l'incroyable affairement de cette journée d'installation. Elle admet que si elle avait dû mourir aujourd'hui de quelque chose (une piqûre de guêpe, une chute de balançoire, une indigestion d'abricots ou autre catastrophe naturelle), ce n'aurait pu être d'ennui.

Jamais premier jour de vacances ne fut mieux rempli.

Les autres années, dans la maison de la mer, il n'était pas nécessaire de prendre possession des lieux. Dès que les cousins, tantes et amis s'étaient vu attribuer leur coin, souvent réduit pour les enfants à un matelas et un quart de douche, d'ailleurs bien suffisants, c'est la plage qui constituait la propriété, souvent âprement disputée en fonction des marées, de l'ensoleillement, de l'emplacement de la buvette et des horaires du marchand de beignets.

Ici, le luxe c'est l'espace et la généreuse répartition des territoires.

Bien sûr, les deux petites partageront la même chambre mais quelle chambre ! Presque des lits à baldaquin, des lits de princesse, avec leurs grands voiles blancs transparents anti-moustiques, un secrétaire, plus un bureau, une salle de bains avec deux lavabos, sans compter la malle en osier, un fauteuil très original avec deux sièges qui se tournent le dos pour quand on est fâchés, des commodes séparées pour les vêtements.

Mathilde s'est octroyé le lit près de la fenêtre, ainsi que le secrétaire, à cause des tiroirs qui peuvent se fermer à clef, puis elle a passé des heures à ranger, un à un, ses crayons, gouaches et autres objets précieux en établissant un inventaire, fait de hiéroglyphes compréhensibles d'elle seule puisqu'elle ne sait pas encore bien écrire, puis elle s'est brossé les mains, les dents et les cheveux, pour faire sien son lavabo, celui près de la fenêtre où l'on peut, comme du lit, apercevoir le jardin.

Ensuite, mère et fille se sont invitées, à tour de rôle, pour visiter leurs aménagements.

Céline a une chambre pour elle toute seule. C'est bien, dans la journée, une chambre pour soi seule, mais pas la nuit quand le plafond se met à se couvrir de formes bizarres ou que le vent souffle dans les volets. Seule ombre au tableau : la salle de bains de maman a permis à Mathilde de mesurer son handicap en matière de parfumerie, mais Céline a promis très vite un flacon de lavande qui tombe on ne peut mieux d'autant que, en ce moment, les promesses semblent plutôt tenues...

Affalées, donc, toutes les deux dégustent une menthe à l'eau, autrement plus chic, finalement, qu'un Coca-Cola, avec une paille en vraie paille, qui sent le blé, que Mathilde a dégotée au fond de l'armoire de la cuisine.

Encore cette exquise sensation d'un partage, d'une connivence. Encore l'impression de l'unisson.

Céline semble avoir renoncé à ce ton de celle qui décide, prescrit, ordonne. Depuis ce matin, depuis la cueillette des abricots, elle parle de moins haut. Les paroles ne tombent plus. Personne en haut, personne en bas. Mathilde trouve cela épatant. Elle voit sa mère d'un autre œil ou, plutôt, c'est elle-même qu'elle voit d'un autre œil : rehaussée, remontée d'un coup de manivelle, aussi facilement que le tabouret du piano à Paris, jusqu'à cette menthe commune à l'heure où normalement sa mère lui propose son goûter, un mot qu'elle aime bien, malgré tout — on ne peut pas ne pas aimer un mot qui annonce du tartinage, des chaussons aux pommes ou du quatre-quarts maison —, mais qui a le don de l'agacer quand on s'en sert pour se débarrasser des enfants ou simplement pour bien marquer la différence avec les grands, même si, à la fin, la même mère, si condescendante, chaparde un morceau de quatre-quarts, soi-disant pour vérifier qu'il est réussi. Au fond, le goûter, c'est chez bonne-maman que Mathilde le préfère, parce que le gâteau au chocolat, tout le monde en mange sans faire de différence et maman, à ce moment-là, chez sa maman à elle, elle aussi a l'air d'une petite fille.

« Et si on se finissait le paquet de petits Lu ? » propose celle qui parle aujourd'hui de moins haut.

Voilà un « on » plaisant à entendre, plus que le téléphone qui sursoit à l'exécution de cette sympathique et conviviale initiative.

Céline décroche.

Immédiatement, au visage de sa mère, Mathilde devine que c'est *lui*. La voix claque comme les portes l'été dernier.

« Tout va excellemment !... Merveilleuse maison !... Temps magnifique !... Superbement installées !... »

Le dithyrambe pleut comme des gifles, des coups dans les tibias. Il ne manquerait plus que cela, que cela n'aille pas bien, sous pré-texte qu'*il* n'est pas là !

Mathilde, pour sa part, trouve qu'avec *lui*, ce ne serait pas plus mal, mais elle a appris la dis-crétion.

« Tu veux parler à ta fille ? »

Formule consacrée. Final. Rideau. Mais sans les applaudissements.

Mathilde saisit le combiné. Elle raconte les lits de princesse, la balançoire, les abricots chauds, le drôle de fauteuil et aussi les chèvres, le fromage frais annoncés.

En arrivant au flacon de lavande elle regarde Céline d'un air entendu (on ne sait jamais, un témoin est toujours utile). Avant de raccrocher, elle ne demande pas s'*il* va venir bientôt mais elle le pense si fort que cela doit s'entendre d'où *il* appelle.

Après le téléphone, Céline a la bouche qui tombe.

Les petits Lu s'imposent, d'une manière urgente, et le câlin goûter qui se pratique assise en tailleur entre les jambes de sa mère, la tête contre l'un ou l'autre de ses genoux, chacun d'une idéale rondeur...

Grignotant ses biscuits, en commençant, bien sûr, par les quatre coins, forcément fabriqués pour cela, Mathilde se rend compte qu'elle a oublié de parler des tournesols.

Oublié ou pas voulu ?

Le vertige devant la beauté, le troublant langage des fleurs ne sont pas des choses qui se racontent, surtout pas aux hommes, pas même à celui qui l'a conçue, elle, Mathilde, peut-être pour les vivre un jour.

Au-dessus d'elle, sa mère également grignote ses biscuits, avec le même petit bruit de souris espiègle.

« Toi aussi, maman, tu commences par les coins ?

— Bien sûr. »

Bon, il y a des situations où les filles et les femmes c'est quand même un peu la même chose.

Dehors, les cigales s'en donnent à cœur joie, le téléphone ne les a pas dérangées le moins du monde, alors qu'ici la fraîcheur ne vient plus seulement du carrelage et des volets fermés.

Mathilde a beaucoup de mal à triompher de ce refroidissement qui saisit sa mère quand le père courant d'air fait irruption. Aucun châle, aucune laine n'en vient à bout.

Dans ces moments, Mathilde se promet toujours de moins bouder, pour aider, mais c'est un sacrifice car elle trouve une certaine satisfaction à bouder, à se renfrogner, surtout sans raison — quand on a des raisons, ce n'est plus seulement de la bouderie, c'est du mécontentement, ce qui n'a rien à voir. Il y a d'autres occasions pour cela. Si elle ne boude pas maintenant pendant qu'elle est petite, elle ne le fera plus jamais, elle le sait bien. C'est un des avantages d'être petite, quand même !

Bouder, donc, en grignotant les biscuits Lu ne manquerait pas de charme mais elle ne peut pas se le permettre : il faut donner le change, et vite.

« Et si on allait à la ferme, voir les chèvres ? »

Aucune réponse. Le genou de Céline semble de pierre, sans vie, sans envie.

« Alors on y va, à la ferme, maman ? » insiste Mathilde, car l'insistance est un de ses talents, une sorte de don qui lui aussi se perfectionne, s'affine, selon les situations.

Ici, c'est une insistance de première urgence. Bouée, canot de détresse pour une maman en perdition, en pleine mer d'amertume.

« Oui... oui. On y va... C'est une bonne idée... »

La sauveteuse saute sur ses deux pieds, la bouche pleine du dernier biscuit, et extirpe Céline du canapé à grand renfort de rires. Naufrage évité...

Mathilde décide de se changer. Elle veut mettre sa robe neuve, celle qu'on a achetée la veille du départ, la robe à pois jaunes avec des froufrous aux bras.

Sa mère trouve que c'est trop pour se rendre dans une ferme, mais elle n'insiste pas. Sur ces questions, elle est relativement conciliante, sans doute parce qu'elle-même a ses lubies vestimentaires...

« Superbe ! admire Céline, en apercevant sa fille pomponnée de la tête aux pieds. On passe par la route du bas ou par le chemin d'en haut ?

— C'est quoi le chemin d'en haut ?

— Par les tournesols. Un sentier en bordure du champ qui arrive juste à la ferme.

— Ben, le chemin d'en haut, alors ! »

Mère et fille sourient. Connivence.

En traversant le chemin où d'autres surprises encore s'ajoutent à celles du matin, comme cette petite niche en bois avec sa vieille chaîne rouillée, Mathilde se demande si les tournesols l'attendent toujours et s'ils lui parleront.

Dès la barrière franchie, elle a sa réponse : les fleurs, toutes les fleurs, lui tournent le dos. Elles fixent ostensiblement un point lointain de l'horizon. Comment ! Pas une seule pour lui faire signe ! Pas même un discret salut ! Elle est confondue. Elle regretterait presque ses efforts de toilette, la robe à pois jaunes qui devait faciliter le dialogue floral dont elle comprend bien qu'il est compromis.

Mathilde n'insiste jamais lorsqu'elle se voit

gravement trompée. Elle sait rabattre de ses prétentions en cas de défaite indéniable. Alors la dignité s'impose et même une certaine morgue...

Sans un mot, Mathilde prend la main de sa mère pour descendre le chemin qui mène à la ferme, entre des vignes, prometteuses, et les tournesols, inconstants.

Avant d'arriver, quand même : un coup d'œil aux froufrous sur les bras, au tombé de la robe sur les genoux, à la blancheur de ses souliers.

« Tu es toute belle, ma chérie, belle comme un astre ! »

L'astre fait son entrée dans la ferme, rayonnant. L'autre s'éclipse derrière les coteaux.

Il faudra un effort de raison pour concevoir qu'une petite fille d'à peine six ans, presque vierge de passé, puisse éprouver le sentiment de déjà vu, du déjà vécu. Cette ferme, Mathilde la connaît. Elle la reconnaît. Elle est déjà inscrite dans sa mémoire.

Il faudra un effort de déraison pour concevoir que si elle la connaît, la reconnaît, c'est pour ce qu'elle sera. Cette ferme est déjà inscrite dans son futur.

Mathilde n'a pas encore le mot pour dire cette étrangeté. Un jour, plus tard, elle parlera de prémonition...

Pour l'heure, monsieur et madame Fougerolles qu'elle va saluer, avec une légère révérence à l'entrée de la laiterie — robe à pois oblige —, elle les a déjà vus, eux aussi, lui avec sa pipe éteinte au bec et sa gentille malice dans la prunelle qui lui rappelle un peu Félix, le fiancé de bonne-maman, en moins vieux, elle avec son côté bourru, parce que débordée, de partout, de travaux et d'embonpoint, ses mains rougeaudes, couvertes de bobos, et pourtant prêtes à rendre service, à réconforter bêtes et humains, en les rudoyant pour la forme.

Céline semble surprise, les salutations terminées, de voir sa fille courir de l'étable à la bergerie, des écuries au potager, sans hésiter, en terrain connu, comme à la recherche de quelque chose.

Oui, c'est vrai, elle cherche quelque chose.

Quand elle accourt, essoufflée, les cheveux en désordre, elle entend sa mère s'excuser : « C'est une enfant un peu espiègle... »

Oui, c'est vrai, elle est un peu espiègle.

Ni madame Fougerolles ni son mari ne semblent s'en formaliser.

« Oh ! Y a pas de mal ! On a l'habitude avec les chèvres et maintenant surtout, avec le droulas ! »

Les voilà tous trois qui se mettent à chuchoter.

Agacée par ces chuchotements dont elle est exclue, Mathilde, qui se demande ce qu'est un droulas, renonce à la question qu'elle était venue poser.

Sans plus d'égard pour la robe dont la ceinture s'est dénouée, elle se rue vers l'arrière de la grange...

Elles sont là, enfin, les chèvres blanches. Plus blanches que ses souliers, plus blanches que les voilages anti-moustiques de son lit de princesse.

La blancheur d'une chèvre, c'est en blanc ce qu'est le jaune au tournesol. On peut admirer. C'est tout. S'en remplir les yeux jusqu'à l'éblouissement, jusqu'au vertige.

Pas une des chèvres n'a bougé à l'arrivée de Mathilde. Simplement, comme les tournesols du matin, elles ont tourné leurs têtes vers elle, sans cesser de mâchonner, de ruminer de l'herbe, ça, Mathilde le sait — mais peut-être aussi des mots ou des pensées qui leur restent dans la barbe. A Mathilde également, il lui arrive de ruminer des mots ou des pensées. C'est très utile, les jours de bouderie prolongée.

Quand même, dans le regard des chèvres, Mathilde trouve plus d'humanité que dans celui des tournesols. Plus d'expression aussi, et même une certaine sympathie à son endroit. Fraternelles sont les chèvres.

Mathilde demeure immobile. Comblée. Elle s'intègre. Solennellement se régale de cette blancheur vivante.

Devenir chèvre ne la dérangerait pas du tout.

Soudain, le silence. Un silence brutal, inattendu, presque anormal. Un grand vide dans le paysage : ensemble, les cigales se sont tues.

Ce doit être cette rencontre de l'immobilité et du silence qui va rendre Mathilde sensible à un autre regard que celui des chèvres.

Tout près d'elle, très près, deux yeux la fixent.

Décidément, aujourd'hui, elle ne sera pas passée inaperçue. De partout on semble l'attendre. De partout on la guette. Mais ces yeux invisibles qui n'appartiennent à personne la pétrifient.

Ce n'est pas une nouveauté pour elle d'être observée ainsi au point d'être pétrifiée. Souvent, les yeux de la nuit lui font cet effet quand elle se réveille dans la maison endormie, cernée de silence et que la glace de l'effroi...

Mais ce qui la fixe en cet instant ne fait ni vraiment froid ni vraiment peur. Plus qu'observée, d'ailleurs, elle se sent parcourue. Les deux yeux invisibles se déplacent sur elle, de la nuque, sous les boucles blondes, à la cheville, du creux de son genou à la pliure de son bras.

On la mesure, on l'estime, on la calcule. Avec un compas, une équerre, une règle graduée. Du papier calque, du carbone, du papier millimétré.

Mathilde qui a décidé de devenir peintre comme Félix, le fiancé de bonne-maman, connaît bien les mille et une manières de « croquer » un modèle — c'est Félix d'ailleurs qui lui a appris le mot — mais c'est maintenant que le mot, elle l'associe à la nourriture : elle se sent tout bonnement mangée du regard, dévorée de la tête aux pieds.

L'idée d'un loup lui traverse l'esprit, peut-être à cause de la présence des chèvres, si fraternelles, peut-être parce que, bien qu'invisibles, ils luisent singulièrement, les yeux qui la dégustent, et cependant sans la moindre douleur ni de la nuque, ni de la cheville, ni du genou, ni du bras.

Si c'est bien un loup qui, pacifiquement, s'est mis en tête de la croquer, sans lui faire du mal, sans du sang partout, alors elle veut bien qu'il sorte du bois.

« Oh ! Qui t'es, toi ? C'est quoi ton nom, toi ? »

Le loup a donc une voix. Une voix qui chante.

Mathilde se retourne vers le loup, vers la voix.

Juché sur un vieux tracteur, la tignasse brune hirsute, attifé d'un maillot de marin trop grand d'où sortent quatre membres qui hésitent entre le bronze sale et le pain d'épices, un garçon, guère plus âgé qu'elle, éclate de rire.

« T'as eu peur, hein ? Alors c'est quoi ton nom, toi ? »

Elle regarde, ébahie, les dents qui rient si fort.

Ce ne sont pas des dents de loup (même si elles ont l'air bien pointues), ni même celles d'un louveteau car, en plein devant, en haut, là où c'est le plus voyant, il en manque une.

Mathilde trouve cela renversant, un garçon qui rit de toutes ses dents avec une dent en moins. Elle se souvient comme elle se cachait, derrière sa main ou son mouchoir, quand elle perdait les siennes, interdite de rire, honteuse, malgré la petite souris venue, soi-disant, pour troquer l'objet de l'infamie contre une friandise ou une pièce d'argent — chose qu'elle n'a jamais pu vérifier —, interdite aussi de manger, les tartines tout particulièrement, à cause des gencives à vif, interdite tout court, devant cette bizarrerie de la nature qui semblait satisfaire ses parents.

Au-dessus, donc, de la bouche avec le trou, qu'elle devrait trouver affreuse mais qui resplendit, les deux yeux sont là, bien visibles maintenant, brillants comme des olives vertes sur la peau mate. Les yeux du loup qui chante.

« Non. J'ai pas eu peur... Juste un peu », ajoute-t-elle.

Mathilde renoue sa ceinture et poursuit, un rien coquette : « Mon nom... Eh ben... devine ! Devine c'est quoi !

— Ben... Camille ou... Laurette ? propose le garçon, goguenard.

— Perdu ! Je m'appelle Mathilde ! »

Il semble impressionné, et elle assez contente de son effet. Les cigales, toujours silencieuses, semblent respecter le cérémonial des présentations. Quant aux chèvres, si elles ruminent de plus belle, il ne paraît pas que ce soit de trop mauvaises pensées.

De nouveau la mesure, l'estimation. Compas. Equerre. Règle graduée. Papier calque. Carbone. Papier millimétré. Et le prénom avec.

« T'es la Thilde ! conclut enfin le garçon avec autorité. Alors ! la Thilde, tu veux monter avec moi sur mon tracteur ? »

Elle hésite. Un tracteur n'est pas un endroit pour une robe à pois. Pas un endroit pour une Mathilde. En revanche... Pour une Thilde...

Elle a l'impression que la proposition est grave. Qu'il y a du pacte dans l'air. Les garçons, ça ne plaisante pas avec le protocole. Si on fait la fine bouche, plus de propositions. On dirait d'ailleurs (elle l'a remarqué avec ses cousins) qu'ils attendent que ça, une bonne excuse, pour revenir en arrière, comme s'ils avaient à la fois envie et pas envie que les filles acceptent. Alors, si elle tergiverse, fini pour la vie, le tracteur, et puis, finies plein d'autres choses. Lesquelles ? Elle ne sait pas, mais d'autres choses, c'est sûr. Elle n'a pas encore le mot pour cette impression. Un jour, plus tard, elle parlera d'intuition...

Mathilde n'a pas fait le tour de toutes ces impressions, n'a pas pris le temps de la décision qu'elle est déjà sur le marchepied du tracteur, hissée par les deux bras qui émergent du maillot de marin trop grand.

Elle n'a pas pris la décision qu'elle est juchée à son tour sur l'unique siège en métal, calée entre les deux jambes écartées (qui de près suggèrent finalement beaucoup plus le pain d'épices), en équilibre au-dessus des choses, en équilibre sur les convenances.

La robe à pois jaunes s'étale en partie sur les cuisses du garçon que cela fait rire encore davantage.

De là-haut, c'est très beau, comme d'un manège qui ne demande qu'à tourner mais qui ne tourne pas, sauf dans la tête de Mathilde.

De là-haut, on les voit bien, les tournesols et les abricotiers.

Dans son cou, sur sa nuque, le rire qui soulève le duvet blond de ses cheveux la chatouille.

Les deux mains du garçon saisissent le volant. Elle pose les siennes jointes sur sa robe.

C'est la première fois que Mathilde remarque combien c'est différent, les mains d'une fille et celles d'un garçon, surtout celles de ce garçon-là qui veut l'appeler Thilde et

dont elle ignore le nom. Les doigts sont plus
carrés au bout et on voit bien les os. C'est sans
doute pour cela qu'il peut conduire un tracteur, même un qui n'avance pas. Ce n'est pas
grave qu'il n'avance pas.

Si le tracteur reste sur place, eux, sont par-
tis, au-delà des tournesols, au-delà des abricotiers, chevauchant la Provence.

Les cigales ne veulent pas être de reste et
reviennent en fanfare, toutes à l'unisson.
Mathilde doit crier pour couvrir leur stri-
dence : « C'est quoi ton nom à toi ?

— Moi ? Ben, c'est le Rémi ! » répond-il fiè-
rement.

Elle répète pour elle-même ce nom, nouveau, composé de deux notes qu'elle ne
connaît que par le solfège. Ré. Mi.

Elle comprend qu'avec un tel prénom, on
puisse avoir la voix qui chante.

« Ne laisse pas refroidir ton œuf, Ma-Thilde ! »

Ma-Thilde, Ma-Thilde... C'est la première fois qu'elle l'entend ainsi, son prénom, dans la bouche de sa mère.

Peut-être qu'ici, c'est comme ça : on découpe les noms comme les mouillettes de pain alignées soigneusement sur le bord de son assiette... Ré-Mi, Ma-Thilde... Mais le plus surprenant, c'est que Céline l'ait découvert toute seule.

C'est quand même étonnant, l'intelligence d'une mère ! Qu'elle aussi l'appelle sa Thilde, sans rien savoir du nouveau baptême, est confondant. Cela réconforte de toutes les fois où il faut demander et redemander la même chose sans obtenir d'autre réponse qu'un « Ça suffit ! » qui ne suffit jamais.

« On va se coucher de bonne heure, d'accord ? » propose Céline.

Encore un « on » qui fait plaisir. Coin de promesse, celle d'être « entre femmes », savoureux comme le coin de petit Lu, quand il en reste trois à grignoter.

« Ils sont bons les œufs de la ferme, tu ne

trouves pas ? » ajoute cette mère décidément perspicace.

Bons, les œufs ? Mais qu'est-ce qui n'est pas bon dans cette ferme ? Mathilde est assaillie de tant d'images qu'elle ne peut en faire le tri, surtout quand l'une d'elles, envahissante, empêche toutes les autres de se mettre en ordre pour la parade de la souvenance, la grande revue de l'évocation dont Mathilde n'a pas soufflé mot. Elle n'a pas parlé de la Rencontre derrière la grange, ni des yeux du loup, ni de la dent en moins, encore moins de la chevauchée à dos de tracteur. Elle n'a pas choisi encore, entre garder le secret ou raconter.

Céline pose sur la table la jatte de fromage de chèvre frais.

« Je les ai vues, les chèvres, tu sais, maman ?
— Oui. Je sais. »

Mathilde regarde sa mère, le sourcil sourcilleux. Si l'intelligence des mères est confondante, plus incroyable encore est leur capacité à être partout en même temps. Combien de fois, enfermée pourtant à double tour dans sa chambre, pour quelque cérémonie intime, Mathilde s'était vue démasquée — de la cuisine, où Céline était occupée à autre chose — comme si la maison entière était transparente ! Les maîtresses à l'école parfois ont ce don, mais en moins fort.

Qu'elle sache pour les chèvres peut aussi se comprendre par le fait que Mathilde avait exprimé son impatience à les voir... Mais c'est le ton du « Je sais » qui l'inquiète. On dirait un de ces « Je sais » qui semble *tout* savoir justement. Un « Je sais » qui pourrait bien englober chèvres, loup, garçon à maillot de marin et tracteur. Ce n'est pas qu'elle se sente coupable (sauf un peu pour la robe à pois) mais c'est une question de propriété car, enfin, ce qu'elle a vécu, Mathilde, lui appartient, comme il lui appartient de raconter ou pas, de raconter quand elle veut et comme elle veut, en ajoutant ou en retirant, à sa façon ! C'est important, la façon !

L'œuf à la coque ne passe plus. La vue du fromage frais, à peine égoutté, soulève le cœur.

Que sait-elle, au juste, cette mère qui sait tout ?

En tout cas, même si elle les a vus, sur le tracteur, elle ne saura pas le souffle léger sur la nuque, ni les doigts aux bouts carrés. Elle ne saura pas la Provence de là-haut, les bondissements immobiles au-dessus des tournesols et des abricotiers, dans la fanfare des cigales.

« Qu'as-tu donc, Ma-thilde ? »

Ce qu'elle a ? Ce qu'elle a, sa Thilde ? Elle a qu'elle va pleurer. Elle a qu'elle est trahie. Par sa propre mère qui sait trop les choses et qui trop vite les dit !

Céline, déconcertée, cherche une diversion. C'est sa méthode en général devant les larmes incompréhensibles de sa fille, qui semblent tant l'attrister d'ailleurs, que Mathilde, la première, tente de les limiter — dans la mesure de ses moyens, bien sûr, car si on ne peut plus pleurer alors !...

« Tiens, il paraît que les fermiers ont pris un petit garçon en pension pour les vacances ! »

Mathilde demeure suspendue à cette déclaration. Les larmes, sur le bord des paupières, peuvent encore être refoulées, rebrousser le chemin du chagrin, remonter la pente des pleurs. Tout dépend. Tout dépend.

« Tu l'as vu ?

— Qui cela ?

— Ben, le petit garçon. Tu l'as vu ?

— Non. On m'a juste dit... C'est un enfant de l'Assistance, c'est tout ce que je sais. Pourquoi ?

— Parce que rien ! Parce que rien ! » répète Mathilde qui, plutôt que de refouler ses larmes, décide d'en faire du soulagement en se mouchant bruyamment dans sa serviette en papier.

Céline soupire en servant le fromage frais.

Maintenant Mathilde est comme neuve d'elle-même avec son secret intact, et le droit, tout aussi intact, de le révéler ou d'en faire sa gourmandise pour elle seule, de s'en pourlécher la mémoire.

« Je peux mettre du sucre avec mon fromage ?

— Bien sûr, ma chérie. »

Mère et fille mangent en silence chacune sa part de ferme, Céline avec du sel, Mathilde avec du sucre...

« C'est quoi, un enfant de l'Assistance ? demande Mathilde, la dernière cuillerée avalée, aussi repue que si elle avait mangé une chèvre entière.

— C'est un enfant qui n'a pas ses parents. Alors une institution s'en occupe, avec d'autres enfants comme lui.

— Ah !... »

Mathilde revoit le maillot de marin trop grand. Elle trouve que l'Assistance devrait donner aux enfants qui n'ont pas de parents des vêtements à leur taille.

Le maillot de marin fait déferler à nouveau une vague d'images de la grange. Elle est devant, à se demander, comme elle le faisait au bord de l'océan quand les vagues étaient trop fortes, si elle va se lancer ou attendre la prochaine, les pieds nus dans la mousse de mer, ses mains crispées à sa bouée bleue, tiraillée entre impatience et appréhension.

Une question la tracasse : comment font les femmes entre elles, dans ces cas-là ? Se disent-elles tout quand elles font la Rencontre ? Tout, du début à la fin, ou juste un peu ?

L'arrivée des abricots en compote l'encourage. C'est ensemble qu'elles les ont cueillis dans le verger, ensemble dénoyautés gaiement.

La vague est choisie. C'est décidé : c'est celle qui arrive. Vite ! Vite !

« Je l'ai vu, moi !

— Pardon ? répond Céline, distraitement.

— Je l'ai vu, moi, le garçon ! Même qu'il s'appelle Rémi ! »

L'eau n'est pas si froide que cela. Elle a encore pied. Elle a bien choisi sa vague. Elle pourrait presque retirer sa bouée bleue.

« Ah bon ! » s'esclaffe Céline, assez émoustillée.

Mathilde croise ses bras sur la table.

Sa mère s'assoit, en face d'elle, dans la même position.

Il semble à Mathilde que ce moment, elle l'a longtemps attendu. Il lui semble même qu'elle est venue au monde pour cela : pour ce récit qui lui appartient et la façon — c'est important la façon — dont elle va le partager avec maman, l'être qui lui est le plus cher, en dehors de celui qui claque les portes la nuit entre deux voyages devenus de plus en plus longs chaque fois.

Au visage de l'être le plus cher qui l'écoute parler, Mathilde comprendra que son récit fait mouche, que la façon est bonne.

C'est un visage qui passe par tous les sentiments connus de Mathilde mais aussi avec un quelque chose d'autre qu'elle ne connaît pas et qu'elle ne parvient pas sur l'instant à définir, trop occupée qu'elle est à soigner son histoire.

A la fin, le visage de Céline est un sourire, l'un des plus beaux que Mathilde lui ait vus, surtout depuis qu'elle ne sourit plus, ou beaucoup moins.

Céline semble prête à ouvrir ses bras, tout sourires eux aussi, au-dessus de la compote d'abricots. Mathilde va se lever, se précipiter pour le câlin dessert (qui se pratique à table, sur les genoux de maman) mais se ravise.

Quelque chose lui dit qu'elle ne peut pas se le permettre et puis... Et puis elle n'est pas certaine de vouloir, ce soir, sur sa nuque, le souffle tendre et parfumé de sa mère. Un autre déjà, qu'elle a gardé sous silence, dans son récit pourtant très fidèle, un autre souffle, léger, bien plus farouche, la chatouille encore, là, sous le duvet fin de ses cheveux.

C'est sans doute cela, se dit Mathilde en tendant son assiette, être « entre femmes » : savoir résister à un câlin dessert.

« Je vais à la balançoire, maman ! »

Mathilde arbore le pantalon corsaire à carreaux bleus, avec la petite chemisette blanche nouée sur le ventre, comme elle a vu faire aux dames sur la plage.

Céline lève les yeux de son livre.

Il a été décidé entre elles — une négociation qui a pesé lourd sur le séjour en Provence — que cet été, sa fille serait libre de sa garde-robe. Cette liberté, Mathilde a bien l'intention d'en user largement, considérant qu'à chaque activité correspond une tenue appropriée qui n'admet aucun compromis. Aussi sa mère se contente-t-elle d'approuver ou de désapprouver, ce qui, dans les deux cas, convient à Mathilde et à son amour-propre pas moins friand de discorde que de consensus.

« C'est très mignon, approuve Céline. Veux-tu que je vienne te pousser ?

— Non, non, c'est pas la peine ! »

N'importe qui comprendrait que si Mathilde n'a pas ajouté « surtout pas ! », c'est de justesse.

Céline la première : « Bon, bon, j'ai com-

41

pris ! » réplique-t-elle, d'un air entendu qui agace aussitôt Mathilde.

C'est une chose, hélas, connue des enfants : les parents manquent terriblement de discrétion. C'est le prix à payer pour leur intelligence et leur capacité à être partout à la fois. Comme ils comprennent tout très vite, ils ne peuvent s'empêcher de le faire savoir. Chez la mère de Mathilde, c'est machinal. On ne peut plus rien contre.

Ce n'est pourtant pas sorcier pour la balançoire : si Mathilde n'a pas besoin de sa mère pour la pousser, c'est que quelqu'un d'autre, en effet, peut le faire à sa place et ce quelqu'un d'autre... ce quelqu'un l'attend sous le cèdre.

C'est elle qui a convenu du lieu en descendant du tracteur, les jambes molles mais la tête claire, avec l'idée que cette fois, ce serait à lui de venir sur son territoire.

Il a dit que ce n'était pas si facile de s'éloigner de la ferme, qu'il n'était jamais monté jusqu'au jardin au-dessus des tournesols, mais qu'il essayerait, puis il a craché par terre pour montrer sa détermination...

Mathilde pénètre dans le jardin, s'efforçant d'oublier sa mère qui la suit des yeux.

Elle hésite pour le sentier, même si tous les chemins mènent à la balançoire. Son choix se porte sur le sentier à la cabane, celle en bambou remplie d'arrosoirs, de râteaux, de pelles, d'escabeaux.

Bien sûr, c'est le même jardin qu'hier et pourtant si différent. Hier, le jardin promettait tout, uniformément, tous les divertissements, les amusements possibles. Mathilde y a vire-volté comme dans un magasin de jouets, cou-rant d'une merveille à l'autre, dans l'ivresse de la surabondance. Aujourd'hui, elle a choisi son jeu, elle sait celui qu'elle vient chercher et n'en veut pas d'autre. Il a la forme d'un garçon avec une dent en moins mais, dans la voix, deux notes de musique en plus. Un garçon qui n'hésite pas à cracher aux pieds d'une fille quand sa parole est engagée.

Entre hier et aujourd'hui, elle a oublié qu'il y avait l'ennui. Après avoir fait chanter un loup, résisté au câlin dessert, Mathilde s'offre un rendez-vous au jardin des promesses.

Entre hier et aujourd'hui, elle a connu le ver-tige de la beauté devant les tournesols, cram-ponnée à la main de Céline, puis sur le trac-teur, au-dessus des mêmes tournesols, le vertige de la nouveauté, cramponnée à sa seule envie.

Entre hier et aujourd'hui, elle a lâché la main de sa mère. C'est pourquoi le jardin est si différent. Il est autre parce qu'elle le pénètre seule. Autre parce qu'elle le traverse pour quelqu'un, qui l'attend, sous un vieux cèdre venu de très loin pour cela.

Mathilde marche seule et droite dans son corsaire à carreaux bleus. Elle voit le cèdre qui se rapproche, au bout du sentier, puis la balan-çoire...

Sa poitrine fait un bond, un bond d'enfant sous la chemisette : il n'y a personne. Que font-elles, dans ces cas-là, les dames de la plage qui nouent leur corsage sur le ventre ? Que font-elles quand il n'y a personne ?

Elles ne pleurent pas, bien sûr, ni ne tapent rageusement du pied, mais qu'est-ce qu'elles font à la place de pleurer ?

Mathilde s'assoit sur la planche en bois de la balançoire. Son pantalon la serre. Elle se demande si c'était bien le corsaire à carreaux bleus la tenue appropriée, s'il n'aurait pas fallu une robe ou une jupe ample qui gonfle comme un parachute quand on s'élance. Elle se demande même si cette faute de goût n'expliquerait pas tout simplement cette absence incompréhensible. Elle ignore tout des exigences des garçons pour ce qui est de la tenue des filles. Peut-être bien qu'ils sont plus tatillons encore qu'elles sur ce point — car les filles, ça voit tout. Et s'il était reparti ? Et s'il ne revenait plus jamais ? Et s'il n'avait pas craché pour de bon ? Et si...

« Oh ! Eh ben, tu me vois ou tu me vois pas ? Tu as dit "sur la balançoire", ben, j'y suis sur ta balançoire ! »

Mathilde lève la tête, stupéfiée. Il est là.

Rémi, à califourchon sur la branche du cèdre, les jambes dans le vide, très content de l'avoir à nouveau prise de court, rit de toutes ses dents moins une. Il porte un gilet de corps bleu foncé et un short pareil, parfaitement à sa taille, qui ressemblent à une tenue de gymnastique.

Un garçon, faut toujours que ce soit perché quelque part !...

« Alors, t'as pu venir ? demande Mathilde un

44

peu bêtement, encore sous le choc de la déception, plus que de la surprise.

— Comment ça ! Faut savoir leur causer, aux Fougerolles, c'est tout ! Tu veux que je te pousse, alors ?

— Ben... oui. Je veux bien ! »

En deux temps trois mouvements, voilà Rémi à la renverse, en trapèze, suspendu par les genoux à la branche, la tête en bas, et qui pousse de ses deux bras sur chacune des cordes de la balançoire. Mathilde en perd la parole. A elle d'être à la renverse.

Progressivement, la balançoire obéit aux bras musclés du garçon. Mathilde l'aide, tant qu'elle peut, avec ses jambes qu'elle lance en avant, bien contente du pantalon corsaire pour ce numéro inédit.

A eux deux, ils vont monter. Monter haut.

Mathilde incline sa tête en arrière. Celle de Rémi touche presque la sienne. Les boucles brunes frôlent les boucles blondes. Le tête-bêche rapproche les deux visages inversés qui se regardent intensément, se découvrent, apprennent l'un de l'autre.

Jamais elle n'a vu un garçon d'aussi près et à l'envers.

Plus haut encore.

Le cèdre entier bascule de l'avant à l'arrière, de l'arrière à l'avant. Elle ne se demande même pas comment Rémi peut tenir, ainsi, si longtemps, la tête en bas, par la seule force de ses cuisses, plus pain d'épices que jamais, comme s'il faisait partie de l'arbre venu de loin.

Autant qu'à la branche, on dirait que c'est aux yeux de Mathilde que Rémi est suspendu.

Elle, ne quitte plus du regard les deux olives qui brillent de plaisir et où elle plonge profond, à chaque va-et-vient de la balançoire.

Le cœur d'enfant bondit sous la chemisette, petit tam-tam d'émoi et d'audace.

« T'as peur, la Thilde ? demande la bouche à l'envers.

— Non, j'ai pas peur, répond la bouche à l'endroit. Juste un peu », ajoute-t-elle, quand même, car tous les arbres du jardin basculent à leur tour et la cabane en bambou avec arrosoirs, râteaux, pelles et escabeaux...

Alors, ensemble, tête-bêche, décident de redescendre, de calmer la balance... Bientôt la cabane en bambou retrouve la terre ferme et les arbres du jardin, un à un, leur tranquille rectitude. Le cèdre revient de loin, de bien plus loin que le Liban, c'est sûr. Le va n'appelle plus le vient, ni le vient le va.

La planche, enfin, s'immobilise.

Mathilde contemple avec perplexité le sol qu'elle a quitté il y a quelques millions d'années. Le temps de redevenir une petite fille normale sur une balançoire. Rémi est près d'elle. Il peut avoir l'air fier, il le peut : c'est quand même la deuxième fois qu'il la fait voltiger.

Mathilde, réputée pour la pertinence de ses remarques, la finesse de ses observations, se sent de nouveau devenir bête :

« Tu voudrais pas être aviateur plus tard ? suggère-t-elle, pour n'être pas de reste et aussi pour échapper à ce regard d'olive qui la parcourt, la mesure — compas, équerre, papier millimétré — avec une insistance particulière sur la chemisette nouée coquine.

— Aviateur ? Non ! Marin, c'est marin que je serai !

— Pourquoi marin ?

— Pour aller chercher mon père, pardi ! »

Mathilde pense au sien de père, souvent parti mais qui revient toujours. Elle trouve qu'il a raison, Rémi, de vouloir chercher le sien s'il ne revient jamais.

« Et ta mère, alors ? » demande-t-elle, sans trop réfléchir.

Rémi ne répond pas. Comme s'il n'avait pas entendu la question.

« Ça t'a plu, la balançoire ?

— Oui, ça m'a plu », dit Mathilde en rosissant très légèrement.

Elle va ajouter une chose, une chose que peut-être Rémi aurait aimé entendre, cette fois, quand elle aperçoit sa mère au bout du sentier.

Rémi se retourne, regarde Mathilde, se retourne de nouveau vers la femme qui approche. Il a l'air nerveux, presque affolé.

« N'aie pas peur. C'est ma maman ! »

Elle s'en rend compte maintenant, elle n'a pas eu tout à fait tort pour le loup. C'est vrai, il a l'air sauvage tout à coup. Vrai, ses yeux luisent autrement, remplis de méfiance, ombrageux. Ça lui fait drôle et en même temps plaisir à Mathilde, de l'avoir apprivoisé, elle toute seule, sans avoir peur, juste un peu.

« Tu es Rémi, n'est-ce pas ? »

Céline caresse la tignasse brune sans s'inquiéter du mouvement de recul du petit.

Mathilde trouve que les mères, ça sait parler aux enfants, surtout à ceux qui ne leur appartiennent pas.

La caresse dans les cheveux et le prénom si gentiment amenés font leur effet. Rémi veut bien sourire, à Céline aussi, avec toutes ses dents moins une, mais ce sera tout. Il déguerpit si vite que Mathilde n'a pas le temps de lui dire au revoir.

« Il ne serait pas un peu timide, ton Rémi ?

— Il est pas timide. Il est sauvage ! » rétorque Mathilde offusquée.

Ce n'est quand même pas pareil : timide ou sauvage ! Avec les garçons timides, c'est les filles qui font tout : les propositions, la conversation. Avec un sauvage, on est toujours surpris, toujours en danger, sans rien demander. C'est génial, quoi !

« Qu'est-ce que tu bougonnes encore ?

— Je dis que mon Rémi (elle insiste bien sur le possessif), eh ben, il est génial ! »

Céline éclate de rire.

« Tu veux que je te pousse, ou bien on va déjeuner ? » demande-t-elle à sa fille toujours assise sur la balançoire.

Mathilde essaie d'imaginer sa mère accrochée en trapèze, la tête en bas, à la branche du cèdre.

« On va déjeuner ! » répond-elle sans hésiter.

Mère et fille retraversent le jardin, dans la

bonne humeur, d'autant que Céline annonce du melon et de la glace.

Elles se tiennent par la main. Une main de mère, ça a son charme, songe Mathilde, surtout quand on peut la lâcher de temps en temps.

« Il a pas de mère, tu crois, Rémi ?

— Il en a une, bien sûr, mais il ne la connaît pas... »

Mathilde a hâte que Rémi soit marin pour connaître au moins son père.

« Déjeuner, petite sieste, et on va chercher Christiane et Bénédicte à la gare, d'accord ? »

Bénédicte...

Elle avait oublié Bénédicte ! Mais qu'est-ce qu'elle va donc faire d'une Bénédicte, maintenant qu'elle a son jeu, un Rémi pour elle toute seule ? Maintenant qu'elle est sa Thilde ?

Elle n'est pas d'accord, non, pas d'accord du tout !

Mathilde s'arrête de marcher.

« Qu'est-ce qu'il y a donc ? »

Bon, Céline est pressée, le ton est à la houspille.

« J'ai mal au cœur, dit Mathilde, qui ne trouve rien d'autre.

— C'est la balançoire. Ce n'est pas grave », décrète sa mère en activant la marche.

Mais si, c'est grave, c'est même très grave !

Dès qu'elles sont descendues du train, Mathilde l'a remarqué : Bénédicte a grandi, elle est encore plus mince et elle est devenue superbe, avec ses longues nattes qui tirent sur le roux, sa peau de lait et surtout sa façon à elle d'être chic, qu'elle avait, paraît-il, déjà dès sa première barboteuse et qui, sur ce quai de gare, se révèle tout simplement fracassante.

Cette évidence a rendu les embrassades amères.

Mathilde, qui se sait plutôt mignonne, désespère, une fois de plus, de rattraper l'avance de Bénédicte en élégance (Christiane l'habille dans la maison de couture où elle est styliste), en savoir (elle est depuis plus d'un an à la grande école) et en maturité (elle ne boude pas, n'a besoin d'aucun câlin et peut dormir la nuit dans l'obscurité la plus totale).

A chacune de leurs retrouvailles, Mathilde l'a éprouvé, ce sentiment déplaisant de son désavantage, qui s'atténue ensuite parce que Mathilde se dépense en drôlerie (Bénédicte est sérieuse), en audace (Bénédicte est réservée) et en originalité (Bénédicte est définitivement prévisible).

Mais tandis que dans la voiture de location, flambant neuve, Mathilde se livre à une description idyllique de la chambre, du jardin et de la ferme, au sentiment déplaisant s'ajoute soudain une idée à laquelle elle n'avait pas pensé mais qui lui paraît bien plus effroyable que tous les fantômes de la nuit : et si Rémi, lui aussi, il la trouvait fracassante, Bénédicte ?

Mathilde ouvre sa fenêtre. Un méchant courant d'air met du désordre dans la frange impeccable de sa compagne.

« Pourquoi ouvres-tu ta vitre ? demande Céline qui interrompt, à l'avant, une conversation très personnelle avec son amie Christiane, où *il* revient souvent.

— J'ai mal au cœur, dit Mathilde.

— Encore ! »

C'est alors que le pire arrive. S'adressant à la cantonade, en se rengorgeant d'une façon théâtrale, Céline, sa mère, sa propre mère, celle avec qui elle traverse le jardin main dans la main, celle qui a partagé l'émotion des tournesols, la cueillette des abricots, celle surtout qu'elle croyait, à cause de la promesse, sa complice (même maladroite), sa confidente (même insistante), Céline, donc, claironne :

« Ah ! Oui ! Ce qu'elle ne vous a pas dit, Mathilde, c'est qu'elle a un amoureux ! Il s'appelle Rémi. Il est un peu timide (elle se reprend), un peu sauvage, mais très gentil ! »

On dit que juste avant de mourir, de se noyer par exemple dans une vague trop forte, ou de tomber d'une balançoire, il y a une multitude de pensées et d'images qui vous traversent la tête. Ce doit être la même chose quand on a envie de tuer quelqu'un. Mathilde voit défiler les mille et une manières de tuer sa mère avec une préférence pour l'étranglement immédiat, au volant de la voiture, ce qui fait que tout le monde mourrait contre un platane et qu'elle-même n'irait pas en prison...

Christiane, qui s'est retournée, a dû voir le visage chamboulé de Mathilde. Elle lui lance, en souriant, un bisou du bout des doigts et dévie la conversation sur les melons, les pêches, quelque sujet maraîcher.

Mais Bénédicte, bien qu'habillée par Christiane, n'a pas le style de sa mère, quand la curiosité la dévore. Ses yeux bleus sont en alerte. Des yeux d'interrogatoire.

« Il a quel âge, Rémi ? » demande-t-elle.

C'est un peu injuste, elle en convient, mais il faut bien que rage passe : ce sera sur Bénédicte.

« Occupe-toi de tes oignons ! » réplique Mathilde, haineuse.

Ce n'est pas très recherché, mais ça marche toujours, les oignons. C'est vexant à souhait et puis c'est assorti aux melons de Christiane.

« Mathilde ! » proteste Céline, sans conviction, peut-être un peu consciente de sa bévue.

Et Mathilde entre en bouderie.

Etat de grâce que la bouderie... Bulle. Boule. Balle de rancœur. Pelote de mélancolie. Roulé-boulé de dépit. Escargot de la tristesse. On doit y rester enfermé longtemps avant que le chagrin, l'apitoiement sur soi — justifié ou non —, n'éclose en douceur, ne devienne volupté, comme si, à force de se lover dedans, la peine finissait par se dévider, se vider d'elle-même et, après avoir fait mal, si mal, ne plus faire mal du tout, et même plutôt du bien.

Etat de grâce de la bouderie qui vous met à l'abri des autres, de vous-même, dans une solitude choisie que plus rien, personne, ne peut rompre.

Mais aujourd'hui Mathilde n'est pas vraiment seule dans sa bulle, sa boule, sa balle. C'est avec Rémi qu'elle boude. Il partage son escargot. C'est normal puisque c'est sa faute, à cause de, grâce à lui, tout ça.

La bouderie parfaite, c'est-à-dire celle qui vous fait ressembler à une somnambule, en impose.

Mathilde a constaté que, lorsqu'elle boude avec art, on ne la bouscule pas. On se tient à distance. Les somnambules, il paraît qu'il ne faut pas les réveiller. Avec la bouderie, c'est pareil. On la respecte. C'est aussi une des raisons de la faire durer...

En arrivant à la maison, Mathilde roule dans son escargot jusqu'au verger où elle se gave d'abricots et c'est Céline qui installe Bénédicte dans la chambre de princesse, lui fait les honneurs du jardin et, probablement, de la balançoire.

Heureusement, il est trop tard pour se rendre à la ferme : ce soir, elle préfère, de loin, être privée de Rémi que de le partager. Demain, on verra.

Les abricots aidant, le dîner approchant, Mathilde sent qu'elle peut envisager de sortir de sa coquille où les derniers miasmes de rancœur semblent s'évaporer. La table de la cuisine fait le reste : elle est appétissante au possible et l'ambiance contagieuse et puis il y a des surprises sur l'assiette de Mathilde. Christiane est passée par là... Robe d'été en dentelle blanche et nécessaire de toilette digne d'une vraie jeune fille.

Tout le monde applaudit.

« Et ça, c'est mon cadeau à moi ! dit Bénédicte en tendant un petit coffret à Mathilde.

— C'est quoi ?

— Ben, regarde ! »

Mathilde ouvre le coffret, dans un grand silence...

C'est un ravissant collier de perles nacrées, avec un coquillage en forme de cœur au milieu, qui lui rappelle quelque chose.

« C'est toi qui l'as fait ? » admire Mathilde qui regrette un peu pour les oignons.

Bénédicte dit oui, et Mathilde regrette un peu aussi pour la jalousie...

Quand, plus tard, les mères viennent pour le baiser du soir, les deux princesses sont deux sœurs sous leurs voiles blancs.

Céline s'attarde sur le lit de sa fille :

« Tu ne m'en veux pas trop ?

— Non ! Non ! Je t'en veux plus !... » dit Mathilde en l'embrassant avec effusion.

Pourtant, quand Céline referme doucement la porte de la chambre, comme pour accompagner jusqu'au bout cette tendre réconciliation, Mathilde s'aperçoit, avec stupeur, qu'elle vient de mentir sur ce qu'elle a de plus essentiel avec cette mère. Si, elle lui en veut. Elle lui en veut encore. Elle lui en veut pour toujours.

Avec stupeur, encore, elle comprend que certaines rancœurs ne se dévident pas d'elles-mêmes au fond d'un escargot. Que si bouderie, bulle, boule, balle conviennent aux petites filles, c'est qu'elles n'ont pas encore rencontré de Rémi.

Le plus bizarre encore, c'est que ce mensonge qui devrait la peiner, eh bien il ne lui fait rien, rien du tout...

« Tu dors, Bénédicte ?

— Non.

— Tu veux que je te dise, pour Rémi ?

— Oui. »

Alors Mathilde raconte les ongles carrés, le souffle léger sur la nuque, quand Rémi est derrière elle et les yeux confondus quand il est au-dessus. Elle raconte la double voltige sur le tracteur et la balançoire.

« C'est beau, conclut Bénédicte, et elle ajoute : il tombe bien, alors, mon collier avec le cœur en coquillage ! »

Les voiles blancs des deux grands lits flottent dans la brise tiède qui pénètre par la fenêtre entrouverte.

« Oui, il tombe bien !... »

Elle a beau chercher, elle ne trouve pas à quoi lui fait penser ce coquillage...

« Qu'est-ce qu'on entend ? demande Mathilde au bord du sommeil.

— Ce sont les grillons, explique Bénédicte, avec une érudition et une maturité qui, ce soir,

56

ne gênent pas Mathilde. Ils chantent les nuits d'été quand les cigales dorment. »

Mathilde trouve que, décidément, on chante beaucoup au pays des tournesols.

Tout s'est décidé au petit déjeuner, entre la demi-biscotte de Bénédicte et les six tartines à la confiture de Mathilde.

Aujourd'hui est jour de marché : l'occasion rêvée pour une virée discrète à la ferme car, pour des raisons différentes, on n'en peut plus d'impatience, on veut voir Rémi.

On s'est mis d'accord sur la tenue : la même pour les deux — Mathilde a beaucoup insisté sur ce point : jeans, tee-shirt, tennis et queue de cheval —, l'élégance excessive de Bénédicte étant toujours à craindre...

Non ! Non ! Elles n'ont pas envie d'aller au marché ! Si ! Si ! Elles peuvent très bien rester seules !...

Jamais Céline et Christiane n'ont mis autant de temps à se préparer, traînassant à plaisir, multipliant les faux départs, si bien qu'il est près de midi quand la voiture s'éloigne enfin de la maison.

Les nerfs sont à vif.

« On y va ! » lance Mathilde.

Elles traversent le jardin, s'attardant à peine sur ses trésors successifs : clapier vide, fontaine, brouette, niche à chien...

Devant la balançoire : halte. Petite minute de silence commémorative. Elles parviennent à la barrière qu'il suffit de pousser.

De nouveau l'éblouissement du jaune absolu. De nouveau l'impression qu'elles la fixent et lui parlent, toutes les têtes fleurs tournées vers Mathilde qui ne peut plus bouger.

« Ben, qu'est-ce que t'as ? dit Bénédicte.

— T'as pas le vertige, toi ? demande Mathilde.

— Non. Pourquoi ? »

Pourquoi ? Elle est quand même stupéfiante, cette Bénédicte qui ne sent rien, n'entend rien. Des tournesols comme ceux-là, impossibles à peindre tellement ils sont beaux, impossibles à comprendre tellement ils crient d'une voix faite de milliers de bouches radieuses, en a-t-elle déjà vu ? Voici ce qui arrive quand on ne mange pas assez (une malheureuse demi-biscotte au petit déjeuner) : on devient insensible. Mathilde trouve triste que Bénédicte soit insensible aux tournesols. C'est inquiétant. C'est inquiétant pour Rémi. Va-t-elle bien le voir, le sentir lui aussi ?...

« Pourquoi ? répète Bénédicte.

— Pour rien. Pour rien... Allons-y. Tu vois la ferme, elle est juste en bas. »

C'est émouvant d'imaginer Rémi sous le toit d'ocre, Rémi qui ne sait pas qu'elle vient vers lui...

Quand elles arrivent à la ferme, c'est madame Fougerolles qui les accueille, sans grand enthousiasme, même si elle tapote gentiment la joue de Mathilde : c'est que c'est la mauvaise heure ! Il y a de la besogne à ne savoir qu'en faire ! Faut donner à manger aux lapins ! Et la soupe qui n'est pas prête !

Monsieur Fougerolles apparaît, sa pipe éteinte mais son œil pas du tout :

« Si c'est le Rémi que vous cherchez, il est avec les chèvres... Tu sais où ! » précise-t-il avec malice à Mathilde qui se sent percée à jour.

En y réfléchissant pourtant, elle se demande s'il a dit « tu sais où » à cause de Rémi et d'elle, ou bien si lui aussi, comme elle, il n'aurait pas l'impression qu'elle est déjà venue, un jour, dans cette ferme, cette ferme si étrangement familière à sa mémoire. Et puis, un homme qui fume sa pipe sans jamais l'allumer, ça doit en savoir des choses !...

En contournant la ferme, elles trouvent donc la grange et le vieux tracteur qui, à son tour, reçoit l'hommage qu'il mérite. L'enclos aux chèvres est tout près...

Mathilde est saisie d'une multitude de peurs contradictoires. Les « Et si ? » la piquent au cœur comme un crayon taillé pointu.

Quand il y a trop de « Et si ? » c'est peut-être le signe qu'il aurait mieux valu ne pas venir, mais c'est trop tard : elle est là avec une Bénédicte qui se meurt de curiosité.

Il y a bien plus de chèvres que l'autre soir et toutes deux elles avancent avec précaution au milieu du troupeau. Certaines chèvres portent au cou une cloche. Mathilde pense que ce doit être un privilège de tintinnabuler à chaque mouvement de tête, d'orchestrer toute cette blancheur, d'où émane une odeur très forte, où elle retrouve en partie le fromage frais, mais qui semble s'évaporer aussi des quantités impressionnantes de crotte dans laquelle les bêtes piétinent allégrement en cognant leurs sabots.

Mathilde trouve enivrant ce mélange de blancheur et de malpropreté, cette confusion d'odeurs et de bruits d'animaux.

De nouveau elle se dit qu'être chèvre ne la dérangerait pas vraiment. Mais Bénédicte, derrière elle, commence à rechigner. Elle n'a pas l'air enivrée du tout (il faut dire qu'elle déteste le fromage blanc) et n'a d'yeux que pour ses tennis neuves passablement maculées.

« Mais où il est ton Rémi, à la fin ? » demande-t-elle, un peu exaspérée.

« Ton Rémi »... Mathilde sourit : c'est vrai qu'il est bien le sien, de Rémi.

« Ben, j'en sais rien, moi ! Il doit être quelque part par là ! »

Le quelque part finit par arriver, de l'autre côté du troupeau de plus en plus crotteux et rendu nerveux par l'intrusion prolongée des fillettes : Rémi, son Rémi, assis sur un grand bidon rouillé, les regarde venir.

Il a son maillot de marin trop grand, le cheveu en bataille et l'air railleur au possible. Cela doit faire un moment qu'il les voit s'empêtrer dans ses chèvres, sans rien dire.

« T'aurais pu nous aider, quand même ! » dit Mathilde, déconfite.

Déconfite, elle ne l'est pas parce qu'il ne les a pas aidées, elle l'est parce qu'elle l'aurait préféré avec un autre maillot, un à sa taille, mieux peigné aussi, enfin plus présentable, plus à son avantage. Qu'elle en tombe raide, Bénédicte ! Enfin, c'est vrai, elle attendait beaucoup, Bénédicte, et c'est possible qu'elle n'attende plus grand-chose, à voir sa tête maintenant, et la façon dégoûtée qu'elle a de nettoyer ses semelles avec un bout de bâton, en regardant Rémi par en dessous, comme si elle ne tenait pas à lui serrer la main, ce qu'on fait en général dans ces cas-là quand on rencontre l'ami d'une amie !

Déconfite parce qu'elle aurait aimé, à la place de cet air railleur, le grand trouble, Rémi perdant la tête, la boule, les pédales, tous ses moyens et Bénédicte la fracassante fracassée par toute cette émotion et qui dirait « C'est beau ! », comme hier soir, quand les grillons chantaient en écoutant Mathilde raconter.

« Pourquoi t'es venue, oh ! la Thilde ? » dit Rémi toujours moqueur, sans bouger de son bidon rouillé, en caressant un tas informe de poils gris que Mathilde n'avait pas encore remarqué mais qui lui rappelle quelque chose, comme le cœur coquillage offert par Bénédicte.

Bonne question, en effet. Pourquoi est-elle venue, la Thilde ? Elle se le demande bien, Mathilde, qui ne sait plus si elle veut encore être sa Thilde à lui.

A sa grande surprise, c'est Bénédicte qui va répondre, en insistant bien sur l'imparfait qu'elle a dû perfectionner à la grande école :

« Elle est venue parce qu'elle avait envie et parce que, moi aussi, j'avais envie ! »

Bénédicte a prononcé cette phrase d'une manière époustouflante, qui prouve que l'élégance ce n'est pas seulement réservé aux habits. L'amour-propre de Mathilde est sauf.

Rémi accuse le coup. Il se tourne vers Bénédicte. Mesure... Compas. Equerre. Règle graduée. Papier calque. Carbone. Papier millimétré : l'estimation complète.

Mathilde ne raffole pas de voir Rémi qui calcule son amie de la même manière qu'il l'avait fait pour elle, avant de l'inviter à monter sur le tracteur. Elle ne voudrait pas que cela se termine par une proposition du même genre.

Bénédicte tient ferme, parfaite. Mieux, elle rétorque avec son matériel à elle (on n'est pas fille de styliste pour rien) : ciseaux. Centimètre. Fil. Aiguille. Epingle. Machine à coudre.

A la fin on se demande qui mesure qui, qui se mesure à quoi, mais pour Mathilde, ce moment, suspendu à une décision qui ne vient de nulle part, est éternel.

C'est Rémi qui finit par céder. Avec le plus séducteur des sourires, révélant du même coup la dent manquante, il se tourne de nouveau vers Mathilde et lui dit :

« Je t'aime bien avec le jean, mais je t'aime encore plus avec la robe à pois ! »

Elle ignore ce que Bénédicte va faire des instants qui vont suivre, et si même Bénédicte est encore de ce monde car, dans son monde à elle, ils sont deux, rien que deux, rien qu'eux deux. A se contempler. A recommencer la voltige, le va-et-vient de l'ivresse, mais sans tracteur, sans balançoire, soulevés de terre par la force des regards.

Quand elle retrouve le sol, Mathilde sent quelque chose d'humide et de doux qui lui lèche la main : le tas de poils gris a une tête, deux yeux, une langue.

« Lui, c'est Léon ! dit Rémi en sautant de son bidon.

— Euh... Et elle, c'est Bénédicte, répond Mathilde en désignant son amie. C'est ma meilleure copine ! » précise-t-elle, un peu ennuyée quand même de l'avoir à ce point oubliée.

Mathilde pense que Léon, c'est un drôle de nom pour un chien, mais ce qu'elle trouve encore plus bizarre, c'est la ressemblance de Léon avec le chien de Félix, le fiancé de bonne-maman.

Même son coup de langue sur sa main, elle aurait juré qu'elle le reconnaissait aussi... Pourtant le chien de Félix est mort. Elle se souvient comme elle a été triste, au printemps dernier, quand c'est arrivé.

Bénédicte et Rémi continuent de s'observer, mais sans leurs instruments. Mathilde ne sait pas trop que dire, maintenant qu'ils sont là, tous les trois, debout dans les crottes de chèvre, les présentations terminées.

C'est la fermière qui décide des choses en surgissant à l'autre bout de l'enclos :

« Oh ! Viens m'aider, eh ! droulas ! Apporte donc l'herbe aux lapins, au lieu de faire le jeune homme ! »

Il semble à Mathilde que Rémi rougit sous le hâle pain d'épices. Mathilde aussi, elle aurait rougi à sa place. Les fermiers c'est pire que les mères pour la discrétion.

« Bon... ben... Alors... Faut que j'y aille ! » bafouille le jeune homme en question.

Personne n'ose plus regarder personne.

« Allez, Léon ! » ajoute-t-il à l'adresse du chien qui paraît apprécier la compagnie des filles, les renifle avec contentement. Et Rémi s'éloigne, Léon sur ses talons, sans se retourner une seule fois...

Bénédicte et Mathilde le regardent partir, en silence. Heureusement, parce que Mathilde, c'est plus fort qu'elle, ce qu'elle pourrait dire, juste maintenant, ce serait des choses affreuses. Qu'il est parti pour toujours. Qu'elle ne le reverra plus jamais. Qu'il va mourir dans la nuit, comme le chien de Félix, et qu'elle ne lui aura même pas dit au revoir...

Rémi et Léon ont disparu derrière la grange.

« Ben, fais pas cette tête, quoi ! Il est pas perdu ! »

Ce qu'il y a de bien avec Bénédicte, c'est son absence d'imagination. Elle voit toujours les choses comme elles sont, exactement comme elles sont. Parfois c'est dommage, par exemple pour les tournesols qui ne lui font aucun effet, pas le moindre petit vertige, parfois c'est une chance. C'est rassurant. Etre insensible a ses avantages, particulièrement quand on voit partir quelqu'un qu'on ne veut pas voir partir.

Mathilde se demande si elle ne gagnerait pas à être un peu moins sensible, peut-être en diminuant, comme Bénédicte, le nombre des tartines de confiture au petit déjeuner ou les biscuits Lu, ce qui ne serait pas sans mal...

Elles reviennent sans un mot à la maison, par le verger où elles cueillent des abricots auxquels Mathilde résiste stoïquement, se contentant de remplir une panière laissée là tout exprès.

Ni l'une ni l'autre n'ont osé le premier pas, le premier mot.

Mathilde brûle de connaître l'opinion de Bénédicte sur Rémi et en même temps la redoute. Sans appel : Bénédicte est ainsi, définitive.

Au moment où elles atteignent la maison, la voiture de Christiane et Céline débouche du chemin.

C'est maintenant ou jamais. Mathilde cramponnée à la bouée bleue n'a même plus le temps de choisir la vague. La lame qui vient sur elle est la seule possible. Il faut la prendre, quitte à déferler avec.

Fermer la bouche. Fermer les yeux. Seules ouvertes, les oreilles, pour le verdict. Vite. Vite.

« Alors ? » demande Mathilde, de l'eau jusqu'à la ceinture, les jambes tirées vers le fond par une force étrange et au-dessus d'elle le rouleau d'écume prêt à déferler.

Elle se sent soulevée...

« Alors... J'en sais rien ! » répond Bénédicte.

La vague est passée. Mathilde l'entend qui s'écrase, derrière elle, dans un bruit assourdissant.

« Comment ça, t'en sais rien ? »

Une fille qui sait toujours et qui dit « J'en sais rien », ce n'est pas sérieux.

« A la fois il me plaît, à la fois il me plaît pas », décrète Bénédicte, non sans perplexité devant son propre embarras.

Après la tempête en mer, la déferlante, c'est l'avalanche des mères : bisous et provisions. Mathilde ouvre tous les paquets, dépitée. Elle espérait une petite surprise qui n'est pas là.

Oui ! Oui ! Elles ont été sages ! Non ! Non ! Elles n'ont pas eu peur toutes seules !

Après avoir fait semblant — très mal d'ailleurs — Bénédicte s'est endormie vraiment. Même dans le noir, même en profitant de sa fatigue, Mathilde n'a pas obtenu de sa meilleure copine d'éclaircissements supplémentaires, au point qu'elle doute du fait que ce soit la meilleure, car enfin, on ne peut pas rester dans une pareille incertitude, elle s'en doute bien, Bénédicte ! En un mot, Mathilde ignore donc toujours ce qui lui plaît, à Bénédicte, chez Rémi et ce qui ne lui plaît pas. C'est embêtant, très embêtant et cela pour une raison simple : Mathilde, elle aussi, l'ignore. Elle aussi est partagée. Il y a des choses qu'elle aime en Rémi et d'autres qu'elle n'aime pas et la terrible question qu'elle se pose est de savoir si quand on aime quelqu'un, on a le droit de ne pas aimer certaines choses.

Parfois, ce n'est pas un problème. Par exemple, si des choses lui déplaisent chez sa mère, ou chez son père, elle ne doute pas pour autant qu'elle les aime, mais avec un garçon qui vous fait voltiger, y compris sans bouger de terre, est-ce pareil ?

Mathilde aurait voulu apprendre aussi si ce

qui déplaît à Bénédicte est justement ce qui lui déplaît à elle, pour pouvoir comparer, pour voir la différence entre une fille qui a voltigé et une qui n'a pas voltigé.

Dans l'après-midi, à la cabane qu'elles ont décidé de transformer en maison pour elles deux, Mathilde a tenté à plusieurs reprises d'extorquer une réponse plus explicite : en vain. Bénédicte est aussi intransigeante quand elle ne sait pas que lorsqu'elle sait.

En plus, imaginer que quelque chose ne lui plaît pas chez Rémi met Mathilde en rage et imaginer que quelque chose lui plaît la rend un peu jalouse.

Même sur la dent en moins, Bénédicte n'a pas voulu se prononcer, un point sur lequel Mathilde est particulièrement indécise, car elle trouve cela très ridicule et très joli à la fois, la dent en moins...

Bénédicte dort à présent et Mathilde est là, les yeux grands ouverts sur ses questions sans réponses, et les grillons qui chantent dans le vide.

Qu'est-ce qu'il fait, Rémi, juste en ce moment ? Est-ce qu'il pense à elle, comme elle à lui, dans son lit ? Où est-il, son lit ? A quel endroit de la ferme ? Et si... ? Voilà que ça recommence avec les « Et si ? » ! Sans les « Et si ? », elle s'en rend bien compte, elle serait une autre Mathilde, bien plus tranquille, elle dormirait déjà, comme Bénédicte. Elle ne semble pas en avoir tellement des « Et si ? » dans sa tête, Bénédicte.

Le « Et si ? » qui lui traverse l'esprit la glace.

Et si Rémi... s'il y avait des choses qu'il n'aimait pas chez Mathilde ?

Est-ce qu'il n'a pas dit qu'il la préférait dans sa robe à pois ?... Il a donc des préférences, et quand on a des préférences c'est qu'il y a des choses qu'on aime et d'autres qu'on aime moins, et — qui sait ? — qu'on n'aime pas du tout, finalement...

Elle a très chaud à présent. Elle repousse son drap et le « Et si ? » avec. Les piétine de ses deux pieds furieux.

Donc, accorder plus d'attention encore aux tenues. Se rappeler que Rémi préfère les robes aux pantalons. Ne pas risquer de ne pas lui plaire. Au pire, lui poser la question, chaque fois, bien que lui ne fasse aucun effort de son côté, mais il a des excuses : c'est un garçon et puis à l'Assistance, ils n'ont peut-être que des maillots de marin et des tenues de gymnastique pour les enfants dont les parents ne reviennent jamais.

Mathilde se redresse sur son lit. Bénédicte a l'air d'une image sous les grands voiles blancs. On dirait la Belle au bois dormant. Le lit de princesse lui va mieux qu'à elle, c'est vrai, mais le prince, c'est Mathilde qui l'a. Elle a de la chance, quand même, d'être arrivée la première, sinon...

Maintenant la difficulté est de le garder pour elle seule, de ne pas avoir à le partager tout le temps, ni avec Bénédicte ni avec personne.

A la cabane, Bénédicte a fait comme si la rencontre avec Rémi comptait pour du beurre, comme si ça n'allait rien changer à leurs habitudes. Elle n'a rien compris parce que, la cabane, c'est amusant, bien sûr, mais c'est pour faire semblant, c'est pour de faux. Rémi, c'est autre chose, c'est pour de vrai.

Il faut absolument qu'elle lui dise, à Bénédicte, que Rémi c'est pour de vrai !

Mathilde se lève, très agitée. Heureusement, grâce à la clarté de la lune qui filtre par les volets entrouverts, elle se repère et trouve sans trop de mal le commutateur. La lumière crue du plafonnier lui fait cligner les yeux...

« Eh bien, qu'est-ce que tu fabriques, debout, à cette heure-ci ? »

Céline se détache, immense, sur le pas de la porte.

« Ben... Rien... Je voulais parler à Bénédicte. J'avais quelque chose à lui dire...

— Voyons, ma chérie. Bénédicte dort et tu ferais bien d'en faire autant ! Allez ! Va vite te coucher ! »

A contrecœur, Mathilde se laisse reconduire vers son lit.

« J'arrive pas à dormir... »

C'est une phrase qui s'est usée à force d'en user, une plainte que sa mère entend mais n'écoute plus depuis longtemps, à laquelle elle réagit sans réfléchir, par les mêmes éternels encouragements, parce qu'il faut bien répondre quelque chose.

« Mais si ! Mais si ! Tu vas dormir ! »

Sauf que cette nuit, cette réponse ne suffit pas. Elle aussi, elle s'est usée. Il lui en faut une autre, une neuve, une qui convienne à la situation, qui fasse le poids, parce que Rémi, c'est pour de vrai et si elle n'arrive pas à dormir, c'est pour de vrai.

Ce n'est pas nouveau que sa mère ne voie pas toujours l'importance des choses. Quand le chien de Félix, le fiancé de bonne-maman, est mort, elle ne l'a pas bien vu, son chagrin. Il a fallu que Mathilde dorme toute seule, des nuits entières avec ce chagrin sous le drap, même que Céline la bordait avec, le soir, sans s'en apercevoir. Ce n'est pas facile du tout de dormir avec un chien mort dans son lit.

Toutes ses copines font la même constatation avec leurs mères. Et encore, avec Céline, Mathilde n'est pas trop à plaindre. C'est surtout quand *il* ne vient plus assez à la maison ou quand *il* vient trop, que sa mère voit moins bien l'importance des choses. Le reste du temps, sa vue n'est pas si mauvaise...

A contrecœur, Mathilde se laisse border.

Sous le drap, cette nuit, il n'y a pas de chagrin mais trop de grandes questions, au point qu'elle se demande si elle ne serait pas par hasard un peu petite pour des questions si grandes. Et Bénédicte qui fuit, qui fait semblant de dormir, au lieu de lui venir en aide, qui ne se réveille même pas quand on allume la lumière !

Céline a son air de mère qui veut que son enfant se rendorme au plus tôt un point c'est tout ça suffit comme ça j'ai autre chose à faire.

Ce n'est pas une nuit à s'épancher. Pas une nuit pour les confidences. D'ailleurs sont-elles possibles, maintenant, les confidences — et le seront-elles jamais ? — avec une mère qui ne voit pas de différence entre le pour de faux et le pour de vrai, qui fanfaronne avec les secrets de sa fille : « Ah ! Oui ! Ce qu'elle ne vous a pas dit, Mathilde, c'est qu'elle a un amoureux ! Il s'appelle Rémi ! »...

A contrecœur, Mathilde se laisse embrasser.

Il y a une chose que Mathilde fait à la perfection quand elle est en colère, c'est de tailler la colère en vengeance, de la tailler pointu, pointu comme ses crayons de couleur, en veillant bien à ce que la mine ne se casse pas.

« T'as oublié ! » dit Mathilde au moment où Céline éteint la lumière.

La pointe du crayon brille dans l'obscurité.

« Quoi donc ? Qu'est-ce que j'ai oublié ? » répond Céline, un peu troublée, car elle sait très bien qu'elle peut oublier. Promettre puis oublier.

« T'as oublié mon flacon de lavande ! »

La pointe d'un crayon, ce n'est pas mortel, mais ça pique très fort, comme l'aiguille au cœur.

« Ah ! Oui ! C'est vrai ! Tu as raison ! (Céline accuse le coup.) Je suis désolée, ma chérie ! Vraiment !... Je vais y penser ! Je te le promets ! »

Voilà. Oh ! Ce n'est pas grand-chose, mais quand même...

La porte de la chambre se referme. Mathilde remonte son drap jusqu'au menton.

Elle est contente. Pas pour longtemps. Une question plus grande est déjà sous le drap : « Et si Rémi, c'était pas son amoureux ? »

La cabane prend forme. C'est Mathilde qui s'est chargée du gros œuvre, du nettoyage par le vide. Pas une pelle ou râteau, pas un arrosoir ou escabeau n'ont résisté à son énergie. Bénédicte, enchantée de ce qu'elle croit être de l'enthousiasme, ne comprend pas que cette énergie, exacerbée, Mathilde la puise dans le tourment, la rage où la met le doute.

La plus grande de toutes les grandes questions est toujours sans réponse. De tous les « Et si ? » qui ont traversé ses jours et ses nuits, celui-ci est, de loin, le plus torturant et le moins partageable.

Rémi seul pourrait arrêter le supplice et c'est le seul qui manque.

Tout avait bien commencé, pourtant...

Il avait été facile de convaincre les mères de la nécessité de s'approvisionner en œufs et en fromages et c'est en joyeuse bande que toutes les quatre avaient pris le chemin de la ferme.

Pour s'éviter trop d'émotions, Mathilde avait insisté pour qu'on passe par le verger plutôt que par les tournesols.

Personne n'avait commenté la robe à pois, la seule tenue appropriée, selon elle, pour en finir avec une incertitude devenue si lancinante que peu lui importait, finalement, le manque d'intimité ; et elle-même était à ce point préoccupée qu'elle n'avait pas remarqué que Bénédicte, de son côté, s'était mise sur son trente et un.

Léon avait été le premier à la fêter et elle avait retrouvé sur ses mains la touchante et exacte réplique des baisers mouillés du chien de Félix.

Madame Fougerolles, flattée de la visite, a quitté ses manières bourrues. Tout s'est gâté quand, en souriant, elle a prononcé, en toute ingénuité, cette phrase meurtrière : « Eh ! C'est bien dommage que le père Fougerolles, il soit pas là pour vous saluer ! Il est à la ville, avec le Rémi ! »

Si un crayon taillé pointu, pointu, n'est pas mortel, mille, dix mille, cent mille crayons taillés pointu, pointu, c'est extrêmement dangereux pour le cœur d'une petite fille. Autant dire la mort assurée.

Toutes, madame Fougerolles, Céline, Christiane et Bénédicte, toutes, se sont tournées vers elle. Même air désolé. Même compassion.

Mathilde l'a détesté cet apitoiement, et le dîner qui a suivi, elle l'a détesté aussi, sans parler du flacon de lavande, arrivé là, comme par hasard, sous sa serviette, au pire moment...

Le coup de grâce lui est venu de Bénédicte, au coucher :

« Si tu veux, je peux te le dire ce que j'aime et ce que j'aime pas chez Rémi, a-t-elle proposé doucereusement.

— C'est pas la peine ! D'ailleurs, ça m'est

égal ! » a répliqué Mathilde, mais sans colère, très hautaine et, en savourant sa revanche, elle s'est sentie beaucoup moins morte qu'à la ferme, ce qui prouve que, quand on est mort, on peut l'être plus ou moins.

C'est Christiane qui est montée les border. Elle n'a pas fait celle qui ne voit rien — il faut dire que, sous le drap, l'énorme affliction de Mathilde faisait une très grosse bosse — mais elle prit un ton enfin normal pour la rassurer, pas un ton de mère : « Ne t'inquiète pas, Mathilde. Ton ami va revenir. J'en suis certaine. »

Mathilde s'était endormie très vite sur cette certitude, en dépit de l'agitation de Bénédicte clairement menacée d'insomnie. Chacune son tour. Et puis, le mot « ami » lui avait plu. Un mot parfait, plein de discrétion. Les mères des autres sont rarement décevantes. Il faudrait changer de mère. Pas pour toujours, bien sûr, mais de temps en temps. C'est pareil pour Bénédicte. Peut-être que ce soir-là, Céline lui aurait dit la phrase qui l'aurait empêchée de s'agiter, qui l'aurait fait dormir, elle aussi...

La cabane prend forme mais au matin l'inquiétude est revenue. Et le tourment.

Pelles, râteaux, arrosoirs, escabeaux en savent quelque chose.

Mathilde se rend bien compte que chaque geste est destiné à Rémi. C'est pour lui, d'abord, qu'elle prépare la cabane. Sans cesse ses yeux s'arrêtent sur le sentier qui mène aux tournesols et à la ferme. Bénédicte, qui n'a plus les siens dans sa poche, a fini par comprendre :

« T'as qu'à y aller ! » a-t-elle lancé, légèrement agacée.

Mathilde a dit non de la tête. Non à son
impatience, même si c'est oui qu'elle voudrait
dire.

C'est à Rémi, à présent, de se manifester.
Elle a fait le va. A lui de faire le vient, même
si entre le va-et-vient — contrairement à la
balançoire — elle ne peut plus s'accrocher à
rien, même si les deux yeux olive ne sont pas
là pour la retenir, que la voltige devient
périlleuse.

Mathilde est assise, épuisée, au milieu de la
cabane vide, en attendant Bénédicte, partie
chercher de l'eau à la maison.

La poussière, ocre comme le toit de la ferme,
colle à ses cheveux, à la peau de ses bras, de
ses jambes trempées de sueur.

On dirait que c'est avec la terre, toute la terre
de Provence qu'elle s'est battue. Une lutte
rageuse, entre oui et non. Entre va et vient.

Mathilde la coquette, Mathilde la proprette
est couleur d'ocre jaune.

Elle se sent grandir dans cette terre nouvelle.

Est-ce d'avoir grandi ? A force, le « Et si ? » de Mathilde ne l'obsède plus. Il ne l'intéresse plus autant. Comme un biscuit Lu dont les quatre coins auraient été grignotés par quelqu'un d'autre.

Elle a résolu, à sa manière, l'absence de réponse.

De ne pas savoir si Rémi est son amoureux, de ne pas avoir entendu de sa bouche la preuve qu'il l'est bien, l'autorise maintenant à penser qu'il l'est et la voilà toute tranquille. D'habitude, cela ne se passe jamais ainsi. Quand elle a envie de quelque chose, l'envie grossit jusqu'à la crise, jusqu'à l'explosion et la réponse, bonne ou mauvaise, il faut qu'elle l'obtienne, juste après l'explosion.

C'est de cette façon qu'elle a obtenu d'aller à Disneyland. C'est de cette façon qu'elle n'a pas obtenu sa télévision à elle, pour mettre dans sa chambre, alors que ce n'était même pas pour la regarder le soir, mais pour décorer seulement.

Avec Rémi c'est vraiment différent. Elle veut bien l'attendre toute sa vie la réponse puisqu'elle l'a. En plus, elle trouve avantageux

79

d'avoir fait le va et elle ne voudrait pas être à la place de Rémi, obligée de faire le vient.

Du coup, elle s'est remise à profiter de quantité de bonnes choses. Elle s'est même surprise à retrouver goût aux câlins — sans trop se poser des questions d'amour-propre, sans imaginer pour autant déchoir ou quelque chose comme cela. Le câlin sommeil en particulier, plus intéressant que les autres pour affronter la nuit et le risque, toujours possible, de nouvelles bosses sous le drap.

Il va de soi que Bénédicte est sa meilleure copine. Elle l'instruit à l'art subtil des colliers de perles et Mathilde, elle, l'initie à la peinture sur galet. Ensemble elles ont inventé une marelle toute en pierres peintes incrustées dans la terre, tellement belle que Christiane l'a photographiée. Mathilde a proposé de *lui* envoyer une photo de la marelle et sa mère a répondu oui, la bouche tombante, la bouche triste.

Le va-et-vient semble lui poser des problèmes, à sa mère aussi.

Peut-être qu'*il* lui a laissé faire trop de va toute seule ?

Mathilde, elle, n'a pas l'intention de les multiplier les va avec Rémi, c'est pour cette raison qu'elle préfère attendre...

Evidemment certains lieux demeurent plus dangereux que d'autres. Mathilde continue d'éviter les tournesols, depuis la barrière du jardin. Elle refuse obstinément la balançoire qu'elle voudrait bien, si elle le pouvait, interdire aussi à Bénédicte qui s'en sert bêtement, sans se rendre compte du sacrilège.

Il n'est pas question de retourner à la ferme, surtout depuis qu'elle a appris, par Christiane, que Rémi était revenu. Sur ce point, jusqu'ici, Bénédicte s'est montrée solidaire. Elle non plus ne va pas à la ferme pour chercher le fromage ou les œufs.

La cabane, très joliment aménagée maintenant, occupe l'essentiel de leur temps. Bénédicte et elle ont très officiellement convié les mères à son inauguration, une sorte de crémaillère où le sirop de menthe coulait à flots. Christiane a pris des photographies et Céline a beaucoup ri en retrouvant dans la cabane tous les ustensiles de cuisine et le linge de table disparus par enchantement de la maison.

Ce jour-là, le jour de la crémaillère, Rémi lui a particulièrement manqué. Elle aurait bien voulu qu'il soit témoin de ses talents de femme d'intérieur, même si Bénédicte s'est chargée des finitions, avec sa panoplie impressionnante de couturière.

Depuis qu'elle a grandi dans l'ocre jaune de la terre, Mathilde a du mal à s'y reconnaître. Elle a l'impression d'éprouver, de penser bien au-dessus d'elle. Cette impression de disproportion, même au milieu d'un câlin, elle la ressent : elle est à la fois la petite Mathilde de toujours et une autre Mathilde bien plus grande, qui se languit d'un Rémi absent. Dans ces moments-là, Céline lui donne le sentiment d'être en même temps sa mère et sa sœur, parce que toutes les deux elles attendent quelqu'un qui ne vient pas, toutes les deux ont leurs yeux fixés, au loin, sur un sentier où personne n'arrive.

Avant-hier, dimanche, *il* n'a pas appelé comme chaque dimanche. Le câlin dessert avait un goût de mélancolie.

« Tu penses à *lui* ? a demandé Mathilde à sa mère.

— Oui, a répondu Céline.

— Moi aussi, je pense à lui », a conclu Mathilde et elles ont eu toutes les deux la bouche triste.

Pourtant, ce n'était pas le même « lui » dont elles parlaient. Elles le savaient bien. Mais ce n'était pas grave. Au contraire. Elles se comprenaient. Au point pour Mathilde de presque pardonner à sa mère ce qu'elle avait décidé qu'elle ne pardonnerait jamais...

Ce soir, c'est la joie. On va au restaurant. C'est Christiane qui a eu l'idée du restaurant. Dans la salle de bains du haut, l'excitation est extrême.

C'est décidé : Mathilde portera la robe en dentelle blanche offerte par Christiane et le collier de perles de Bénédicte, avec le coquillage en forme de cœur au milieu qui lui rappelle toujours quelque chose.

Mathilde, précédée de Bénédicte (très originale dans sa robe noire à bretelles, fermée d'un gros nœud rose) et suivie d'un effluve d'eau de lavande dont elle a un peu abusé, descend les marches comme une mariée. Elle a le temps d'imaginer Rémi, en redingote, à ses côtés, encore tout ému du « oui » qu'il vient de prononcer et les voilà au saint des saints : la salle de bains du bas, où l'affairement n'est pas moins grand.

Une fois de plus Mathilde s'émerveille : une salle de bains de femmes, c'est autre chose qu'une salle de bains de filles. C'est bien le mystère qui domine dans le bric-à-brac des flacons, la confusion des bijoux, le fatras de la lingerie fine. Et surtout il y a l'odeur. Pas seulement l'odeur des vêtements ou des parfums, mais celle des secrets. Rien ne se compare en odeur aux secrets de femmes...

Christiane et Céline sont pimpantes, gaies. Elles veulent bien des filles dans leur ronde de femmes et le ballet commence...

Ce ballet, Mathilde le reconnaît, elle l'a rêvé dans le train glacé qui l'emmenait vers les tournesols. C'est le même : un quadrille traversé de rires et de connivences. Celui de la promesse, suprême.

Bâton de rouge à lèvres passant de main en main. Scènes d'essayage... Pourtant cette danse complice, elle est différente. Elle n'est pas la même que dans sa rêverie d'alors, parce qu'alors, il n'y avait pas Rémi. Il manquait deux notes à la partition, la deuxième et la troisième de la gamme. Elle se dit que cela devait sonner rudement faux, la musique du quadrille sans le ré et le mi.

Ce soir, il est vrai, la suprême promesse, sa mère l'exauce. Le grand jeu, le plus captivant de tous, qui jette aux oubliettes de l'enfance sable, crabes, cerfs-volants et beignets, même à la confiture, elle y joue. Sérieusement. Trop ? Assez pour savoir que plus jamais elle ne s'endormira dans la posture des limbes. D'ailleurs, peut-on dormir ainsi quand on attend quelqu'un qui forcément va venir puisqu'il est déjà là. Des quatre, Mathilde est la plus petite, mais c'est la seule qui a son amoureux.

C'est la seule qui joue pour de vrai.

Elle est dans tous ses états. Aucun de ses maillots de bain ne lui plaît. Elle ne veut plus aller à la rivière. Tout le monde est prêt sauf elle. C'est Bénédicte la plus prête. Son maillot une pièce bleu ciel lui va à ravir et elle a même l'élastique assorti pour ses cheveux. Mathilde, effondrée sur son lit, contemple les bikinis qui jonchent le sol.

A Paris, avant de partir, ils lui allaient très bien pourtant les bikinis, mais c'est flagrant, ils ne lui vont plus ou, alors, c'est elle qui ne va plus avec eux.

Elle serait bien en peine de dire qui, juste maintenant, de Bénédicte ou de sa mère, elle déteste le plus. Peut-être sa mère, au fond car Bénédicte, ce n'est pas exprès qu'elle est fracassante puisque c'est de naissance. De plus, elle lui doit beaucoup depuis hier soir. C'est formidable ce qu'a fait Bénédicte au restaurant.

Mais sa mère, elle aurait pu y penser, au maillot une pièce ! Ça changerait tout, un maillot une pièce ! Par exemple, Bénédicte elle n'a rien à cacher en haut, elle non plus, mais avec le maillot une pièce, on dirait justement qu'elle cache quelque chose. Mathilde baisse les yeux sur les deux boutons rosés de ses seins, plats comme les boutons-pression de sa trousse à crayons. Elle les examine, de la même manière que Rémi les examinera tout à l'heure, à la rivière. Compas, équerre. Règle graduée.

Jamais elle ne les a regardés ainsi ses seins, à travers les yeux d'un garçon, d'un Rémi aux prunelles de loup, et jamais ne les a trouvés à ce point plats.

Elle ne veut plus aller à la rivière. Après une aussi longue séparation, il va la redécouvrir, c'est forcé, la mesurer de nouveau, c'est forcé, et qu'est-ce qu'il va voir ? Une fille à boutons-pression !

La joie du dîner au restaurant, la liesse de la nuit, l'allégresse du matin, elle les a piétinées, avec les bikinis. Le bonheur de retrouver Rémi, piétiné lui aussi. Il faut reconnaître que Bénédicte a eu une idée de génie quand elle a proposé d'emmener Rémi à la rivière, comme si de rien n'était, sous prétexte qu'il connaissait certainement les meilleures baignades. Pour quelqu'un qui n'a pas d'imagination... c'était du grand art. Sauf que. Sauf que maintenant que l'« artiste » se pavane en maillot-bleu-une-pièce, Mathilde commence à douter de ses intentions véritables. De là à ce que Bénédicte ait pu agir d'une manière intéressée... Voilà vers quelles sordides pensées Mathilde est amenée.

Ce n'est pas nouveau. A plusieurs reprises, elle a douté de Bénédicte car Bénédicte aussi, lorsqu'elles sont à la cabane, guette d'un drôle d'air le sentier qui conduit aux tournesols. Quant à ses escapades à la balançoire !...

Douter, c'est la pire des choses qui puisse arriver avec sa meilleure copine. C'est comme un mauvais goût dans la bouche, un goût d'amertume. En dehors des endives cuites, elle ne connaît rien d'aussi amer.

Mathilde voit venir l'escargot, l'escargot de la tristesse. Bulle boule balle de la bouderie. Seule solution, seul refuge. Elle se prépare à l'enrouler, la pelote de mélancolie, sa cabane à elle toute seule.

« Eh bien, Mathilde ! Que se passe-t-il donc ? Tout le monde t'attend ! »

Céline est devant le lit. Elle est belle sa mère avec son short en lin blanc et le haut noir de son maillot à fines bretelles — qui cache vraiment quelque chose. Mathilde les connaît : ils sont impressionnants les seins de sa mère. Elle est belle avec sa peau dorée, ses lunettes de soleil en écaille. Il doit en falloir des années pour arriver à cela, à cette réussite.

Mathilde ne répond pas. Elle fixe les boutons-pression.

« Allons ! Qu'est-ce qu'il y a encore ? » dit Céline, impatientée.

Le « encore » est en trop. Céline ne peut pas s'en empêcher. Dans presque tout ce qu'elle dit, il y a un mot en trop. C'est sa façon à elle. Mais ce n'est pas amusant pour les autres. *Lui* aussi, *il* s'est souvent énervé à cause du mot en trop...

Mathilde rentre tout : tête, épaules, genoux. Se prépare à bientôt entrer dans l'escargot.

« Moi aussi je veux un haut. Un haut à mon maillot. Je veux un maillot une pièce !

— Mais enfin, ma chérie... Tu n'en as pas besoin, voyons ! Les bikinis te vont très bien !

— Si. J'en ai besoin !... Bénédicte en a bien, elle ! »

Mathilde sent que sa mère va répondre que Bénédicte est plus grande. Qu'elle y a droit au maillot une pièce.

Si cela continue, il va falloir en tailler un de crayon, pointu pointu. Tailler la colère en vengeance.

Cependant, contre toute attente, Céline fait volte-face. Elle sourit à sa fille.

« Bon. C'est d'accord. Je t'en achèterai un ! Simplement je te rappelle que nous avons rendez-vous avec Rémi (elle a failli ajouter "ton Rémi"), et que nous sommes déjà très en retard ! »

Mathilde regarde sa mère qui continue de sourire. Les larmes viennent d'un coup. Cataclysme. Mathilde pleure si fort, si fondamentalement qu'elle en perd la notion des choses. Elle est flots, marée, mer de peine, plus salée que l'océan de l'été...

Quand elle reprend ses esprits, Céline est à nouveau devant elle et lui tend une sorte de petit caraco rose, froncé de rubans, avec l'un de ses bikinis de la même couleur. L'ensemble est si charmant que Mathilde pourrait en défaillir, de plaisir, mais aussi de faiblesse car les larmes l'ont épuisée...

La descente de l'escalier, sous les applaudissements, achève d'assécher les pleurs et grandes marées de la peine.

Est-ce une impression, ou elle les a sentis bouger, sous le caraco rose, les deux boutons-pression ?

Rémi marche à l'avant, en éclaireur. Mathilde lui emboîte le pas. A quelques mètres derrière, Bénédicte et Céline suivent, côte à côte. Christiane ferme la marche avec le sac à dos du pique-nique.

Rémi a sa tenue de gymnastique, mais sans le maillot de corps qu'il a accroché à sa ceinture.

De dos, c'est le plus beau garçon qu'elle ait jamais rencontré. C'est aussi le premier qui lui fait envie, comme un Carambar, mais en mieux, car le Carambar on le mange et c'est tout, alors que Rémi, elle en a envie sans le finir jamais et pas uniquement avec la bouche mais aussi les yeux, les oreilles et même avec la pensée. Dans la voiture également, elle a eu envie quand leurs genoux se sont frôlés, puis quittés, puis frôlés encore, par la grâce des virages.

Bénédicte a tout vu, ce qui n'a rien gâté, au contraire. Elle devait sûrement espérer que les virages fassent pencher Rémi plutôt de son côté. Mais la balance, la voltige, c'est vraiment leur spécialité à Rémi et Mathilde. Ce qu'ils

savent faire le mieux ensemble. Alors Bénédicte...

Le soleil commence à brûler. Rémi ne
semble pas s'en préoccuper, pas plus qu'il ne
semble se préoccuper de la petite troupe qu'il
conduit vers un lieu connu de lui seul et sur
lequel il a fait beaucoup de mystère.

C'est curieux : Mathilde a le sentiment
d'avoir marché, ainsi, toute la vie, derrière
Rémi. De n'avoir jamais rien fait d'autre que
le suivre sur ce sentier, chauffé par le soleil,
bourdonnant d'insectes, avec l'idée d'une
rivière au bout.

Ils ne se sont pas revus depuis la rencontre
à la ferme au milieu des chèvres crottées, pas
revus depuis que les « Et si ? » se multipliant,
les Mathilde se sont multipliées aussi, en
autant de filles qui pleurent et qui rient, qui
doutent et qui ne doutent plus. La séparation
a dû durer vraiment très longtemps pour
qu'elle ait senti bouger ses boutons-pression.
Et si sa mère avait laissé dans son caraco rose,
à l'usage de sa fille, la recette pour faire pousser les seins, elle qui les a si parfaits ? Ce serait
normal d'ailleurs, si on aime son enfant et
qu'on l'élève pour devenir une femme.

Quand il se penchait vers Mathilde dans les
virages, quand leurs genoux se frôlaient, les
yeux de Rémi ont plongé plus d'une fois dans
le caraco. On aurait dit qu'il s'interrogeait. On
aurait dit que, lui aussi, en avait entendu parler, de la fameuse recette transmise de mère en
fille...

« On arrive bientôt ? demande Mathilde dont la roseur des épaules et des bras commence à rivaliser avec celle du caraco, malgré les précautions de sa mère qui l'a tartinée de crème solaire.

— Oui. On arrive ! Ecoute bien ! » répond Rémi, sans se retourner, comme un vrai chef.

Mathilde écoute. D'abord elle n'entend rien à cause du bourdonnement des insectes puis, oui, elle entend. La rivière est là, tout près...

« Ecoute bien ! » a dit Rémi... Elle comprend pourquoi il a dit ça, maintenant qu'elle écoute. La rivière de Rémi fait ce que ne sait faire ni la Seine qui s'étire, muette, sous les ponts à Paris, ni l'océan qui bat inlassablement les rochers ou le sable, en bouillonnant : la rivière de Rémi chante.

Elle chante un peu comme la voix de Rémi.

Mathilde s'arrête. Bénédicte la rejoint péniblement. Les mères sont loin derrière. Bénédicte a son air excédé. Se plaint d'avoir très chaud, très soif, très mal aux pieds parce que ses tennis ont rétréci dans la machine à laver après la virée dans les crottes de chèvres à cause — elle insiste bien sur le « à cause » — de Rémi.

« T'as entendu ? l'interrompt Mathilde.

— Quoi donc ? répond la râleuse.

— La rivière ! T'entends pas comme elle chante !

— Ben, c'est un bruit d'eau, quoi ! Et puis, c'est pas trop tôt ! »

Voilà. C'est comme pour les tournesols.

Bénédicte ne sent rien, n'entend rien. Désespérément rien.

Mathilde se retourne. Rémi vient d'obliquer sous les arbres. Courir. Vite. Arriver en même temps que lui à la rivière. Dire à Rémi qu'elle l'a entendue chanter. Lui dire. Lui dire...

Le saisissement l'arrête, en pleine course : elle est devant quelque chose qu'elle n'a jamais vu. Ce n'est pas ainsi qu'elle avait imaginé la rivière, pas comme un immense ruisseau surplombé de falaises, cascadant sur des milliers de pierres qui résonnent comme des xylophones. Mais ce qu'elle trouve le plus magnifique, c'est le garçon en short marine, debout, sur un rocher au milieu de l'eau et qui miroite dans le soleil.

Encore l'éblouissement, le même qu'avec les tournesols et le vertige, encore. Mathilde se demande si ce n'est pas Rémi qui fait briller le soleil et miroiter plus fort les pierres.

De nouveau la main droite en visière pour affronter cette lumière, si crue, du soleil et du garçon confondus. Mais pas de mère en rambarde. D'ailleurs elle n'en voudrait pas. C'est seule qu'elle veut marcher jusqu'à Rémi et parce qu'elle est seule qu'elle le fait.

Mathilde avance dans la rivière, avec ses tennis, qui n'ont pas rétréci dans la machine à laver pour la bonne raison que les crottes de chèvres, non seulement elle n'a pas trouvé cela sale, mais qu'en plus, elle n'a pas voulu les nettoyer pour les garder en souvenir...

Les voix de Bénédicte, de Céline et Christiane se rapprochent derrière les arbres.

Mathilde continue d'avancer. D'avoir toujours pied la surprend beaucoup. L'eau qui court et qui chante ne dépasse pas son mollet. Elle est si froide qu'elle brûle presque. Pas la moindre vase. Pas d'herbe visqueuse. L'eau est transparente comme du verre, mais qui ne casse pas, même sur les pierres.

Rémi regarde Mathilde qui trébuche vers lui sur les galets parfois glissants. Il n'a pas son air narquois comme celui qu'il affichait depuis son tonneau rouillé le jour aux crottes de chèvres. Il la regarde comme lorsqu'il était à l'envers d'elle, au-dessus de la balançoire, sauf que maintenant il est à l'endroit.

A la fin, il lui tend la main pour le dernier mètre qui les sépare encore, sa main carrée au bout, celle qui conduit les tracteurs. Il veut qu'elle saute sur le rocher. Qu'elle voltige jusqu'à lui. Mathilde trouve que cela mériterait un roulement de tambour, comme au cirque, leur numéro d'acrobates, d'acrobates de l'amour.

Le bond de Mathilde est à la mesure de l'intrépidité de son cœur qui fait son tam-tam sous le caraco rose.

La voilà sur le rocher de Rémi. Les voilà qui miroitent tous deux, main dans la main, épaule contre épaule, cuisse contre cuisse, tam-tam contre tam-tam. Collés l'un contre l'autre. Mathilde contre Rémi, Rémi contre Mathilde, et pour Mathilde une autre peau que celle de sa mère contre la sienne. La peau de Rémi est douce mais rêche à la fois, en particulier aux coudes et aux genoux. Mais la grande différence, c'est qu'avec sa mère, elle n'a jamais eu cette sensation que le duvet blond de ses bras et de ses jambes se soulève, se hérisse, tout droit.

« C'est drôle, j'ai pas froid et pourtant, eh ben, j'ai la chair de poule ! dit Mathilde, troublée.

— La chair de poule c'est pas quand t'as froid, c'est quand t'es avec quelqu'un qui te plaît, répond Rémi, très sûr de lui, et il ajoute : Toi, la Thilde, t'as la chair de poule, eh bien moi, j'ai la chair de coq ! » s'esclaffe-t-il en se tordant de rire.

Mathilde aussi voudrait rire mais elle se retient, par peur de tomber du rocher juste au moment où les autres arrivent. Elle a noté, en tout cas, que le quelqu'un qui plaît à Rémi, c'est elle...

De la berge, où elles s'extasient sur la rivière, Céline et Christiane les contemplent, Rémi et elle. Elles ont l'air tout attendries. Mais il ne faut pas qu'elles exagèrent. Mathilde est bien décidée à préserver leur intimité. Sur la chair de poule et de coq, par exemple : motus et bouche cousue. Ce n'est pas parce qu'elles n'ont pas d'amoureux pour elles que cela leur donne des droits sur le seul en activité. Un amoureux ne se partage pas comme des bonbons dont on sait qu'ils sont très difficiles, déjà, à partager, spécialement les caramels. L'amoureux qui est là, c'est Rémi et c'est le sien.

Quant à Bénédicte, elle fait la tête. Cela se

comprend. Finalement, son maillot une pièce bleu, si ajusté, lui colle tellement qu'on voit qu'elle n'a rien à cacher. Rémi, grâce à ses instruments — compas, équerre, règle graduée —, l'a tout de suite vu, forcément, dès qu'il s'est assis entre elles deux, dans la voiture. Cela lui donnait peu de chance, à Bénédicte, de l'emporter sur Mathilde avec son caraco froncé de rubans et la recette de sa mère à l'intérieur.

Au fond, c'est par d'infimes détails qu'un garçon devient amoureux et qu'il le reste. Ce n'est pas avec des grands mots. Et les filles, c'est pareil pour les garçons. Par exemple la dent en moins de Rémi a bien failli la décourager au début et maintenant elle l'aime beaucoup. D'ailleurs, il faudra qu'elle demande à Rémi quel est le détail qui lui a plu le plus chez elle, pour qu'aujourd'hui il ait la chair de coq quand ils se touchent.

Sa mère n'a pas dû soigner suffisamment les détails pour qu'*il* parte si souvent. Certainement elle a dû *le* lasser avec ses grands mots, les mots, le point faible de Céline, toujours...

Bénédicte fait peine à voir, quand même, toute seule, les yeux fixés sur la rivière dont elle n'entend même pas la musique. Mathilde trouve que ce n'est pas juste.

« Si on l'invitait, Bénédicte ? propose-t-elle, bien qu'un peu tiède à l'idée du partage.

— Si tu veux, répond Rémi. On peut tenir à trois sur la tête qui remue.

— La tête qui remue ?

— Ben oui ! Le rocher, pardi ! Quand on le voit, de loin, il a la tête qui remue !

— Mais pas de près, hein ? s'inquiète Mathilde, parce que, derrière le rocher, elle a remarqué un gros trou où l'eau paraît très profonde.

— T'as peur ? demande Rémi, qui décidément a l'air de vouloir, à tout prix, qu'elle ait peur.

— Non. J'ai pas peur... Juste un peu », répond-elle, une fois de plus, parce qu'il est vrai que « juste un peu », c'est « juste un peu », ni plus ni moins...

A Bénédicte d'avancer dans l'eau. Elle aussi a gardé ses tennis (Rémi ayant prévenu que c'était l'habitude dans la rivière à cause des galets) mais Mathilde imagine qu'elle doit être contrariée de les mouiller à nouveau : elle grimace à chaque pas.

A son tour, Rémi lui tend la main pour grimper sur « la tête qui remue », mais, heureusement — Mathilde vérifie —, il ne la regarde pas spécialement. Il la regarde juste comme une copine.

Tous trois crient de joie en s'agrippant les uns aux autres et en se menaçant de se pousser dans le grand trou d'eau derrière le rocher, jusqu'au moment où, dans un acte de bravoure inouï, et prenant les filles à témoin, Rémi se jette de lui-même dans le trou. Mathilde est médusée par tant de vaillance. Fière que ce brave soit son amoureux.

« Viens, la Thilde ! hurle le héros, en les éclaboussant copieusement.

— T'as pied ? s'inquiète-t-elle.

— Bien sûr que j'ai pied ! » répond Rémi,

d'une voix de faux-jeton dont seuls les garçons sont capables pour convaincre les filles de n'importe quoi.

S'il disait la vérité, il cracherait dans l'eau et il ne le fait pas.

Mais Rémi est plus qu'un garçon et elle plus qu'une fille, quand il est là. Avec Rémi, il faut se surpasser : la voltige est sans limites. Monter jusqu'au ciel, bien au-dessus d'un cèdre du Liban, ou bien se jeter d'un rocher qui remue, jusqu'au fond d'un trou d'eau glacée, c'est pareil. Le vertige, c'est leur façon de se retrouver. Le danger, leur rendez-vous. L'important c'est de s'éblouir, comme lorsqu'on regarde le soleil en face.

Maintenant Mathilde a deux soleils dans sa vie : le vrai, qui se couche le soir et Rémi qui ne se couche jamais puisqu'elle en a toujours envie avec la pensée, donc en dormant aussi puisqu'il paraît que même en dormant, on continue de penser.

« Alors, la Thilde, tu viens ou tu viens pas !

— J'arrive ! » crie Mathilde pour s'exhorter au courage.

Mais avant, un instant, elle tourne la tête vers sa mère qui ne l'a pas quittée des yeux, bien qu'elle ait l'air de dormir sur sa serviette de bain. (Les mères ça veille toujours. On peut compter sur elles, au moment du grand saut : dans un trou d'eau glacée par exemple.)

Câlin, du bout des doigts. Câlin de la main. Câlin de loin.

Roulements de tambour... et elle saute.

Quelques secondes éternelles, elle envisage

99

sa mort de deux manières : par le froid ou par l'asphyxie. Mais Rémi choisit pour elle une troisième solution qui lui paraît préférable, à tous points de vue.

« Tiens-moi fort, la Thilde ! »

Alors elle le tient. S'agrippe à Rémi, les mains derrière son cou, les jambes autour de sa taille. Elle le tient comme elle le tenait, *lui*, il y a longtemps, dans les vagues océanes, quand elle ne savait pas encore se servir de la bouée bleue. Non. Ce n'est pas vrai. Pas comme lui. Un père, on l'agrippe, un Rémi on l'enlace. A moins que ce soit Rémi qui l'enlace car lui aussi met ses bras derrière le cou de Mathilde, ses jambes autour de sa taille. On ne sait plus bien à qui ils sont, les quatre bras et jambes, tellement ils se mélangent. Mathilde n'imaginait pas qu'un garçon et une fille puissent se serrer si fort. Personne ne pourrait le défaire, le nœud qu'ils font ensemble.

Au-dessus d'eux, Bénédicte, assise sur le rocher, les contemple, bouche bée. A travers son caraco trempé, Mathilde entend le tambour mouillé de Rémi. Les deux bouches se sourient.

Celle de Rémi sourit de toutes ses dents, moins une. Mais cette fois, dans le petit trou où manque la dent de Rémi, Mathilde met le bout rosé de sa langue, juste pour voir.

Maintenant qu'ils ont fait ensemble un nœud dans l'eau glacée de la rivière, et que, du bout rosé de sa langue, Mathilde a goûté au sourire de Rémi, elle ne voit pas très bien ce qui pourrait les séparer. D'ailleurs, c'est de notoriété publique : « Mathilde et Rémi, ils sont inséparables ! » Tout le monde le dit, les Fougerolles le disent, les mères le disent, Bénédicte le dit et le chien Léon, s'il ne le dit pas, le sait. Personne ne semble trouver cela inconvenant. On a tellement pris l'habitude de les voir ensemble que lorsque l'un manque, on s'inquiète pour l'autre.

Bénédicte est la seule vraiment défavorisée dans l'histoire puisqu'elle paraît avoir perdu et l'espoir de séduire Rémi (bien que Mathilde demeure sur cette question encore vigilante car Bénédicte continue d'être fracassante) et l'ascendant dont elle bénéficiait, jusque-là, auprès de sa copine de toujours.

Pour ne pas être de reste et aussi parce que cela lui donne des droits, malgré tout, d'avoir été aux premières loges, d'avoir « tout vu », elle en a profité pour continuer à les regarder, en assistant plus ou moins discrètement à leurs rencontres.

Au début, le sans-gêne de Bénédicte agaçait Mathilde, mais comme Rémi semblait le prendre plutôt bien, Mathilde s'y est habituée également, allant même jusqu'à prévenir Bénédicte de certains rendez-vous, mais en lui assignant un rôle dans la mise en scène. Parfois, elle a le droit de voir. Parfois elle a le droit d'entendre. Parfois les deux. Cela dépend.

C'est à la rivière, où les pique-niques se sont multipliés, que Bénédicte est le plus aux premières loges. Elle participe autant aux travaux d'agrandissement de trous d'eau ou à la construction de barrages qu'aux bains de soleil sur un certain rocher plat, un peu à l'écart, d'où elle peut, comme Mathilde, admirer le bronzage impressionnant de Rémi et rêvasser sur l'échancrure de son short de gymnastique, bien que toutes deux sachent pertinemment ce qu'il y a dedans puisque tous les garçons ont la même chose.

L'autre jour, en cueillant les tomates dans le jardin, Rémi leur a raconté que les tomates, en Italie, on les appelle les pommes d'or. C'est le père Fougerolles qui le dit et on peut le croire parce qu'il y est allé, en Italie, pour son voyage de noces. Mathilde et Rémi ont voulu croquer ensemble dans la même tomate. Le jus chaud dégoulinait partout. On aurait dit du sang. Et quand Rémi a léché le menton et le cou de Mathilde, mais aussi son genou puisqu'il était tout maculé de pépins, Bénédicte a accepté de reculer de cinq pas, ce qui leur a semblé équitable comme distance, pour qu'elle assiste, mais sans déranger trop non plus.

Une autre fois, en revenant de la ferme, Rémi leur a fait découvrir encore un chemin nouveau pour rentrer à la maison, et à la grande surprise de Mathilde, ils sont tombés sur des boutons d'or. Rémi, qui est imbattable pour les fruits, les fleurs, et tout ce qui pousse dans la nature, a expliqué que les boutons d'or, ce n'est pas seulement au nord, comme la maîtresse de Mathilde l'avait dit, mais qu'on en trouve partout.

Mathilde a saisi l'occasion pour apprendre à Rémi quelque chose qu'il ignorait totalement, malgré sa grande connaissance des fleurs. Mais avant, elle a exigé de Bénédicte qu'elle s'éloigne d'au moins vingt pas, ce qu'elle a fait en rechignant beaucoup, sous prétexte que le coup du bouton d'or, elle le connaissait par cœur, puisque c'était même elle qui l'avait appris à Mathilde.

Mathilde a cueilli un bouton d'or, puis, après avoir fait allonger Rémi sur le dos, dans l'herbe, elle s'est mise à califourchon sur lui et là, elle a approché le bouton d'or de son menton, de plus en plus près :

« Qu'est-ce que tu fais ? a demandé Rémi.

— Je regarde si t'aimes le beurre, a répondu Mathilde, mystérieuse.

— Alors ?

— Alors tu l'aimes !

— Mais comment tu le sais que je l'aime ? a demandé Rémi, subjugué.

— Ben, le bouton d'or, il se reflète sur ton

menton. T'y peux rien, c'est comme ça ! Si ton menton est jaune, c'est que t'aimes le beurre ! »

Rémi a semblé apprécier : « Et toi, tu l'aimes, le beurre ? a-t-il demandé.

— T'as qu'à regarder ! »

Mathilde s'est allongée à son tour dans l'herbe. Rémi, à califourchon sur elle, a approché le bouton d'or de son menton : « Oui, toi aussi, t'aimes le beurre ! » a-t-il conclu, tout content.

Ils ont ri. Puis, ils n'ont plus ri du tout. Ils sont devenus très sérieux — pas tristes, seulement sérieux — car ils avaient pensé, en même temps, à la même chose. Quand un garçon et une fille aiment tous deux le beurre de façon si irréfutable, cela veut dire qu'ils s'aiment, forcément.

Rémi, à califourchon sur Mathilde, ne disait rien et elle non plus ne disait rien. Ils continuaient simplement de penser à la même chose, mais tellement que Mathilde a éprouvé une sensation — qui, elle non plus, ne pouvait pas se dire —, la sensation que, à force d'avoir la même pensée avec le poids de Rémi sur son ventre, l'étau des deux genoux de Rémi sur ses côtes, les deux mains de Rémi sur ses épaules, les deux yeux de Rémi sur ses yeux, le silence de la bouche de Rémi sur son silence, eh bien, elle devenait Rémi, elle était Rémi.

Et lui, Rémi ? Est-ce qu'il était Mathilde ? Bien sûr. Bien sûr qu'il l'était, ça se voyait bien ! Garder la sensation. Décider qu'on l'oubliera jamais. Se jurer que jamais un autre, plus tard, ne deviendra soi, ni soi un autre, comme pour Rémi et Mathilde maintenant.

« Alors ! Qu'est-ce que vous faites, à la fin ? »

Bénédicte... Bénédicte s'impatientait... A vingt pas de là. A des kilomètres. Sur une autre planète.

« Je peux venir ? » suppliait l'extraterrestre.

Rémi s'est levé, très lentement. On aurait dit qu'il se réveillait.

« Oui, tu peux venir ! » a-t-il répondu d'une voix très bizarre et c'est lui qui à son tour s'est éloigné de vingt pas, sauvage soudain, loup beaucoup.

Bénédicte s'est avancée. Mathilde, allongée dans l'herbe, sentait toujours sur elle, sur son ventre, le poids de Rémi à califourchon.

« C'était drôlement long ! a fait remarquer Bénédicte.

— Oui... a reconnu Mathilde.

— Mais qu'est-ce qui s'est passé ? a-t-elle insisté.

— Rien... Il s'est rien passé du tout... », a répondu Mathilde en se disant que c'était vrai et pas vrai à la fois.

Bénédicte n'a pas insisté. On voyait bien qu'elle n'était pas convaincue. Elle a aidé sa copine à se relever parce que Mathilde, elle se sentait les jambes en coton.

Ils sont rentrés à la maison, Rémi devant, les filles derrière, sans un mot. Bénédicte n'a pas osé déranger le silence. Tout insensible qu'elle est aux phénomènes inexplicables, incapable du moindre vertige devant les signes qui la dépassent, elle a compris pourtant que l'heure était solennelle...

Rémi a repoussé l'offre d'une menthe à l'eau par Céline et pourtant il l'apprécie la menthe à l'eau quand c'est Céline qui la lui sert avec des biscuits ou des tartines. Mathilde a remarqué qu'entre eux deux, le courant passe.

Céline ne manque jamais une occasion de lui caresser les cheveux. Quant à Rémi, chaque fois qu'il pose les yeux sur Céline, on dirait que non seulement il la mesure avec tous ses instruments — compas, équerre, règle graduée, papier calque, carbone, papier millimétré — mais aussi il semble l'interroger gravement comme s'il avait besoin d'elle pour se rappeler quelque chose — ou quelqu'un.

Rémi a dit non, donc, pour la menthe à l'eau et il est reparti. Mais au bout de sept pas, il s'est retourné et Mathilde et lui se sont regardés. Les sept pas, ils les comptent, ensemble, c'est un rituel, avant de se regarder une dernière fois, comme si c'était vraiment la dernière.

Mathilde a bu la menthe à l'eau de Rémi en plus de la sienne.

« Rémi, tu l'aimes bien, hein, maman ? a demandé Mathilde en reposant le verre.

— Oui. Je l'aime beaucoup. C'est un gentil garçon », a répondu Céline.

Mathilde a jugé le mot « gentil » bien plat — on voit bien que Céline ne le connaissait pas vraiment, Rémi — mais elle a passé sur cette grossière erreur d'appréciation avant d'ajouter : « Tu trouves pas qu'il t'examine d'une drôle de façon ? »

D'habitude, elle trouve jamais, sa mère, mais là, oui elle a trouvé, elle aussi, et avec Christiane elles ont échangé un regard entendu, de ceux des mères qui savent mais ne diront rien... De ceux qui excluent les filles même si elles ont grandi...

Il existe un lieu, et un seul, où Bénédicte n'est jamais invitée ni à voir ni à entendre et encore moins les deux : la barrière aux tournesols. C'est dans le plus grand secret que Mathilde et Rémi se retrouvent, au-dessus du champ qui surplombe la ferme. Là, ils suivent le mouvement magique et pourtant imperceptible des milliers de têtes levées vers le soleil et ils écoutent, main dans la main.

Mathilde a raconté à Rémi sa première rencontre avec les tournesols, avec le jaune absolu. Maintenant ils veulent le partager, ensemble, le vertige qui fait tanguer l'enfance. Grâce à Rémi, presque chaque jour, Mathilde apprend un mot nouveau dans la langue des fleurs, car Rémi, les tournesols, depuis toujours il les entend parler.

Mathilde trouve juste, en échange, de lui avoir révélé le secret de son bouton d'or.

C'était écrit à la fin de la lettre que bonne-maman a envoyée de Séville : « La photo est pour Mathilde. »

C'est la première fois qu'elle a droit à une photo pour elle toute seule, et c'est toute fière que Mathilde l'a exposée, comme un trophée, sur son secrétaire, à côté du magnifique caillou rose que Rémi a pêché pour elle, au risque de sa vie, au fond d'un trou d'eau de la rivière où elle ne va jamais à cause des truites qui gobent le vide d'une manière frénétique et goulue.

Sur la photo, bonne-maman est assise à la terrasse d'un café, au côté de Félix, son fiancé. Elle porte le châle rouge à franges dans lequel Mathilde aimait tant se déguiser en bohémienne, et Félix sa grande écharpe blanche. On ne sait pas à qui ils sourient mais ils ont l'air très heureux et ils se tiennent par la main, exactement comme Mathilde et Rémi quand ils écoutent ensemble parler les tournesols.

« C'est qui ? a demandé Bénédicte, très intriguée.

— C'est ma grand-mère avec son amoureux », a répondu Mathilde, sur ses gardes.

Bénédicte n'a rien ajouté. Elle n'a pas osé

dire qu'ils étaient un peu vieux pour des amoureux. Heureusement.

Plus elle contemple la photo, plus Mathilde est persuadée que bonne-maman sait pour Rémi. Bonne-maman, c'est simple, devine tout avant tout le monde. Elle est un peu sorcière, mais une sorcière gentille qui ne prédit que les bonnes choses. Pour les mauvaises, elle ne se prononce jamais. Séville, on dit que c'est loin, mais ce n'est pas une raison. Bonne-maman peut tout à fait deviner, y compris à distance, surtout s'il s'agit de Mathilde et encore plus s'il s'agit pour Mathilde de quelque chose d'aussi important que Rémi. Et puis, bonne-maman lui aurait-elle envoyé la photo avec son amoureux si elle n'avait deviné que sa petite-fille en avait un, elle aussi, d'amoureux ?

Entre amoureux, on se comprend !

Mathilde a décidé de répondre à bonne-maman. De tout lui raconter, pour Rémi et elle, de lui dessiner la voltige, depuis le début. La ferme, les chèvres, le tracteur, la balançoire, la rivière. Elle a choisi, parmi ses crayons, le jaune le plus jaune pour que ses tournesols donnent le vertige. Il n'y a plus de place pour les abricotiers, ni pour la maison mais ce n'est pas un problème puisque la maison, bonne-maman la connaît déjà.

Mathilde s'est représentée, comme toujours, au milieu du dessin. Elle a longuement hésité entre la robe à pois et le caraco rose, optant finalement pour la robe à pois à cause de la couleur, des nécessités artistiques de son dessin. Elle a eu beaucoup de difficulté à dessiner Rémi en maillot de marin et à le faire sourire avec la dent en moins. Mathilde compte sur bonne-maman pour la deviner, la dent en moins. Elle espère que Félix appréciera son œuvre, en connaisseur, puisque lui aussi est peintre. C'est en pensant à Félix également qu'elle a préféré retirer Léon de son tableau de peur que la ressemblance avec son chien mort ne lui fasse un peu de peine. Céline a promis d'envoyer le dessin à Paris puisque bonne-maman et Félix vont bientôt rentrer...

Quand Céline a évoqué la fin du voyage de bonne-maman et de Félix à Séville, Mathilde a eu une sorte de frisson malgré la chaleur. C'était la première fois depuis qu'elles sont là qu'il était question d'un retour à Paris, même si cela ne les concernait pas, elles. Cette idée l'a tellement horrifiée qu'elle s'est empressée de l'oublier en dépensant toute son énergie à la construction du barrage qui va leur permettre, à la rivière, d'aménager une cascade avec un bassin, pas trop profond, « et sans truites » a promis Rémi en crachant avec ferveur sur le lieu de leur future piscine, contre laquelle Mathilde n'échangerait pas aujourd'hui tous les océans du monde.

Cet après-midi, ils ont inauguré la cascade après d'épuisants travaux que Rémi a surmontés avec une force physique qui séduit infiniment Mathilde car elle découvre auprès de lui combien, entre les filles et les garçons, les talents sont répartis et, avec cette découverte, le plaisir aigu d'être bien une fille et de ne pas vouloir être autre chose.

Les mères aussi ont profité de la cascade en disant que c'était très bon pour leur ligne, une exigence qui les préoccupe au point d'en oublier le goûter — ou de faire semblant de l'oublier —, oubli qui n'affecte certes pas Bénédicte, toujours aussi chipoteuse, mais beaucoup Mathilde et Rémi.

Quand ils sont ensemble, ils ont toujours faim et pas seulement de biscuits Lu. C'est vrai : il faut toujours qu'ils se lapent, se lèchent, se pourlèchent. La peau de Rémi, Mathilde lui trouve un petit goût de cacahuète salée. Quant à Rémi, il affirme que celle de Mathilde lui fait penser à la vanille. Mathilde trouve logique qu'une fille soit plus sucrée qu'un garçon, sans pouvoir expliquer pourquoi.

Lorsqu'ils se dégustent trop ostensiblement l'un l'autre, Bénédicte se détourne d'un air dégoûté. Que peut comprendre Bénédicte à une envie qu'elle n'éprouve même pas pour une tartine de confiture ? En tout cas, c'est tout nouveau pour Mathilde d'avoir envie d'un garçon comme de quelque chose qui se mange...

Ce soir après des heures passées à la rivière, la fatigue est grande. Toutes les quatre, mères et filles, sont affalées au salon. Les mères écoutent de la musique, les filles jouent, distraitement, au jeu des sept familles mais Mathilde a si peu d'énergie qu'elle a demandé trois fois le père Lagonflette alors qu'elle l'a déjà dans son jeu. Rémi l'a prévenue qu'il ne viendrait pas, avant le dîner, au rendez-vous des tournesols. On a besoin de lui, à la ferme, pour les chèvres, ce soir encore. Cela fait plusieurs jours qu'ils n'y sont pas retournés. Mais il a promis qu'il essaierait demain matin d'être à la barrière.

Peut-être qu'à force de demander le père Lagonflette, Mathilde a fait venir le sien car le téléphone sonne. C'est *lui*.

Mathilde se précipite. Elle veut être la première... Chaque fois qu'il appelle, c'est la même chose : elle voudrait *lui* parler de Rémi, mais elle n'y arrive pas. Elle a peur qu'*il* se moque, ou bien qu'*il* la gronde, en tout cas que cela ne *lui* fasse pas plaisir, même si maman est d'accord.

Alors Mathilde fait un compte rendu détaillé de toutes ses activités mais sans Rémi, ce qui n'est pas du tout pareil, évidemment. Le barrage et la cascade avec Bénédicte comme entrepreneur, ce n'est pas crédible, mais *il* écoute tout, sans se douter de rien.

Céline a dû remarquer la discrétion de sa fille concernant Rémi car elle non plus n'en parle pas. Entre femmes, on se comprend ! Mais la discrétion a ses inconvénients : de cacher l'essentiel sépare Mathilde de *lui*, beaucoup plus qu'elle ne le souhaiterait, en plus des kilomètres qu'elle trouve déjà excessifs. Bref, elle reste très partagée sur l'aveu ou non. A la fin Mathilde et *lui* se font plein de bisous.

« Tu me passes ta mère ? » dit-il comme d'habitude, après les effusions, en changeant de ton.

Et Céline prend le relais, avec sa voix, habituelle aussi, de quelqu'un qui est en colère, en colère depuis très longtemps, mais qui ne veut pas le montrer.

« Oui. Nous aussi... On va rentrer... »

La phrase est toute bête. Et pourtant, c'est la plus assassine. Sans le savoir, une mère vient tout simplement de commettre une sorte d'infanticide. Ce « On va rentrer » atteint Mathilde mortellement d'une pointe taillée pointu pointu, pire qu'un crayon.

Mathilde se sent glacée, là où la pointe l'a touchée.

Elle doit sortir, se réchauffer au soleil du soir...

« Tu veux pas le fils Vermicelle par hasard ? Je l'ai dans mon jeu ! » demande Bénédicte qui voit partir sa copine sans comprendre que la famille Vermicelle — et les familles en général — elle s'en moque, au plus haut point, Mathilde...

Le sentier du jardin est vertigineux. Tout le jardin est vertigineux et au bout, quand elle arrive enfin, à la barrière aux tournesols, elle aussi chancelle...

Mathilde sait qu'à cette heure-ci, au soleil couchant, les tournesols lui tourneront le dos. Rémi lui a bien expliqué que ce n'était pas parce qu'ils étaient fâchés. Qu'au matin ils lui parleraient de nouveau.

Mais Rémi ne lui a rien dit, non rien, de cette noirceur étrange qu'elle découvre, soudain, au cœur des tournesols penchés vers la terre.

Dans la nuit, la bosse est revenue sous le drap, une grosse bosse de chagrin, car au dîner, Céline a recommencé avec la pointe taillée, en confirmant le départ prochain pour Paris.

« Et Rémi ? a questionné Mathilde.

— Eh bien quoi, Rémi ? a dit Céline agacée, moins par la question sans doute que par le téléphone qui l'avait précédée.

— On l'emmène avec nous ?

— Ne fais pas la sotte, Mathilde. Bien sûr que non ! Voyons ! Rémi reste ici, chez les Fougerolles ! »

Mathilde la sotte n'a plus ouvert la bouche du repas, pas même pour le clafoutis aux abricots, son dessert préféré. La bouderie parfaite. Bulle boule balle bien close.

D'un regard, Bénédicte et elle se sont comprises. Elles se sont retrouvées, dès la table débarrassée, à la cabane, où Bénédicte a apporté en douce la part de clafoutis qui, mangée maintenant, ne constituait pas un délit pour l'amour-propre blessé de Mathilde.

Bénédicte est quand même admirable dans les moments critiques.

Elle aussi a trouvé que les mères ne faisaient pas grand cas des filles. Qu'il n'était pas normal qu'on ne les associe pas aux décisions concernant la collectivité.

Des ripostes ont été envisagées comme la grève du départ ou la simulation d'une maladie grave interdisant tout déplacement en voiture ou en train. D'être si solidaires les a rassérénées et elles ont accepté d'aller au lit en embrassant les mères du bout des lèvres pour marquer leur désapprobation.

C'est bien plus tard que la bosse s'est glissée sous le drap de Mathilde, pendant que Bénédicte dormait. Sur le plafond sont revenues également les ombres menaçantes dont une que Mathilde redoute par-dessus tout : un monstre mi-homme mi-bête, spécialiste des enlèvements et de la séparation des gens qui s'aiment. Ce monstre est venu souvent hanter la chambre de Mathilde quand il ne venait plus à la maison que pour claquer les portes. Mathilde pense que c'est très mauvais signe, pour Rémi et elle, que le monstre, mi-homme mi-bête, soit au plafond d'une maison qu'il ne connaît même pas...

Le soleil s'est levé, ce matin, ainsi que tous les autres jours. Ce n'est pas la première fois que Mathilde remarque que, contrairement aux gens, qui sont solidaires dans les moments critiques — Bénédicte et elle par exemple —, la nature vit sa vie. Elle fait bande à part. Il aurait dû pleuvoir puisque Mathilde a pleuré.

Le ciel a beau être d'un bleu parfait, ce matin n'est pas un matin comme les autres. Mathilde n'a qu'une idée en tête : les tournesols. Attendre Rémi à la barrière. Bénédicte qui sait qu'elle n'y sera pas conviée (même de loin, même sans voir et sans entendre) propose d'en profiter pour accompagner les mères au marché et leur soutirer plus d'informations à propos de cet affreux départ...

L'attente est longue, d'autant plus que les tournesols, bien que tournés vers Mathilde, n'ont pas leur air normal. Le jaune a perdu son éclat. On dirait que leurs têtes ont noirci encore depuis hier soir et surtout qu'ils n'osent plus parler. A moins qu'ils ne le puissent plus ?...

Mathilde sursaute : les deux mains de Rémi sur ses yeux, elle les reconnaît entre toutes.

« C'est qui ? dit la voix qui chante.

— C'est toi ! crie Mathilde, plus de joie que de peur.

— C'est qui "toi" ? chante encore la voix.

— Rémi ! » soupire-t-elle, comblée.

Et la voilà qui fond en larmes. Toute la bosse y passe, tout le chagrin de la nuit : un départ forcé sans préavis, une mère qui tue son enfant pointu pointu, un monstre mi-homme mi-bête au plafond de la chambre, et pour finir les tournesols malades. Rémi semble plus absorbé à lécher goulûment les pleurs qui ruissellent sur les joues de Mathilde qu'à suivre le récit, assez embrouillé, des catastrophes, mais il semble avoir retenu l'essentiel puisque la bosse tarie, il déclare avec aplomb :

« C'est nous qu'on s'en va !

— Quoi ? demande Mathilde, l'esprit encore embrumé de larmes.

— C'est nous deux, toi et moi, qu'on s'en va ! Tu piges... »

Oui. Elle pige. Elle pige tout à fait. Elle l'avait bien dit, à sa mère, après la première voltige de la balançoire : « Rémi, il est génial ! » C'est confirmé, à l'instant, car cette riposte, ni Bénédicte ni elle ne l'avait imaginée.

Mais ce que Rémi vient de décréter n'est pas seulement génial, c'est surtout très beau. On ne lui a jamais proposé quelque chose d'aussi beau, à Mathilde, depuis qu'elle est née. Elle en est sûre. Sûre et certaine. Et pourtant, cela fait longtemps qu'elle est née : au moins six ans. Si elle n'avait pas donné à Rémi toutes ses larmes à boire, elle en verserait bien une dernière, une différente, pour accompagner la beauté.

Rémi et elle se prennent la main et lèvent les yeux sur les tournesols. Le moment est grave. Plus grave encore que lorsque le bouton d'or a dit son secret. Les tournesols seront témoin de leur décision commune et définitive. Il faut jurer. Mais, avant de jurer, avant le serment, Mathilde veut savoir, pour les tournesols :

« Ils vont mourir, les tournesols ? demande-t-elle, émue.

— Oui ! Un peu, d'abord, mais après, non, répond Rémi, laconique.

— Mais pourquoi le jaune, il devient noir ? » insiste-t-elle, parce que, un jaune pareil, un jaune qui donne le vertige, elle pense qu'on ne devrait jamais y toucher. Là, c'est aussi l'artiste qui parle.

« C'est les graines qui deviennent noires, explique Rémi. Mais les graines ça peut pas mourir, ça fait d'autres tournesols ! Toi aussi, la Thilde, tu vas pas mourir ! T'en feras une, de graine, une autre Thilde ou bien, peut-être (Rémi paraît soudain tout intimidé)... peut-être un autre Rémi ! On verra ! »

Elle admire à nouveau la science de Rémi sur les tournesols, sur la nature en général. Un jour, sa mère lui a parlé, en effet, de cette graine par laquelle Mathilde est venue au monde, mais il lui a semblé qu'il y avait été également pour quelque chose. Quoi qu'il en soit l'idée d'une autre Thilde ou d'un autre Rémi lui plaît beaucoup...

Il n'y a plus qu'à jurer donc, qu'ensemble ils vont partir. Tous deux se mettent debout face aux tournesols.

« Je jure ! dit Mathilde en pensant très fort à bonne-maman et à Félix qui, les premiers, ont donné l'exemple à Séville.

— Je jure ! » dit Rémi.

Mais au moment où il va cracher, Mathilde lui tend sa main. A son tour, elle veut lécher la promesse de Rémi, dans le creux de sa paume.

Les choses se précipitent. C'est toujours comme cela : les vacances durent, interminablement, on a l'impression qu'elles ne finiront jamais et puis, du jour au lendemain, tout le monde parle de s'en aller. Les valises réapparaissent, les conciliabules de départ. A la mer, c'était pareil et aussi déroutant. Seule la perspective d'un nouveau manteau et de peintures neuves rendait la sentence du retour à Paris supportable.

Cette année c'est différent. Cette année, Mathilde ne s'ajoute pas comme un paquet aux bagages des adultes qui décident de tout, tout seuls : c'est elle qui fait les siens. Mais en secret, y compris de Bénédicte, dont le départ avec Christiane est imminent. Mathilde a hésité à mettre Bénédicte dans la confidence. C'est Rémi qui a préféré qu'on ne lui dise rien. Il a peur qu'elle ait envie de venir avec eux. Il n'a pas tort. Les amoureux, à un moment, il faut qu'ils soient seuls, même si Bénédicte accepte de s'éloigner quand on lui demande. C'est pour cette raison que bonne-maman n'a pas voulu que Mathilde l'accompagne avec Félix à Séville et Mathilde a très bien compris.

Elle n'a pas insisté sur le quai de la gare, bien qu'elle ait un peu pleuré quand elle a vu s'éloigner le dernier wagon du train...

C'est donc discrètement que Mathilde rassemble ses affaires. Mais c'est avant tout dans sa tête qu'elle se prépare à partir, une tête qui ne voit plus rien de la même manière, ni les ombres au plafond de la chambre, ni les paroles échangées avec sa mère, ni les jeux avec Bénédicte. Même la menthe à l'eau a un autre goût.

Des secrets, Mathilde en a connu des tas, mais un secret comme celui-là, qui change le goût de la menthe à l'eau, jamais ! A se demander si elle est encore Mathilde, si quelqu'un d'autre n'aurait pas, par hasard, pris sa place au moment où elle a juré, devant les tournesols.

De l'extérieur, oui, c'est toujours elle, puisque personne ne s'est étonné de rien, mais à l'intérieur, non.

Quand ils se retrouvent, Rémi et elle, c'est à l'intérieur qu'ils pensent, l'un et l'autre, à ce qu'ils cachent tous les deux. Tout ce qu'ils disent et font alors devient si intense que sans arrêt la force de leurs regards les soulève de terre, jusqu'à voltiger, sans bouger, aussi haut que le soleil. Dans ces moments, rien ni personne ne peut les atteindre.

C'est la nature qui les bouleverse le plus. Grâce à Rémi qui réconcilie Mathilde avec les insectes (pas les araignées), ils passent un temps infini à suivre les efforts maladroits d'un scarabée pour se remettre sur ses pattes ou le piqué des libellules rayées noir et jaune qui ressemblent à des hélicoptères, dans les nuages de moucherons.

L'autre jour, à la rivière, ils ont surpris deux libellules bleues en pleine voltige. Mathilde a très bien vu comment le garçon libellule a saisi la fille libellule par le cou, avant de se tordre au-dessus d'elle. Rémi a dit « Chut ! » et, devant Mathilde émerveillée, les deux libellules ont fait un nœud en forme de cœur. Mathilde ne pensait pas qu'on puisse être amoureux à ce point. Elle en a eu les larmes aux yeux.

Mathilde doit reconnaître que maintenant, à cause de leur secret, elle est beaucoup plus sensible encore à tout et elle trouve incroyable qu'on puisse cacher pareil secret sans que les autres s'en aperçoivent, sa mère en particulier, dont les yeux traversent les murs des maisons.

Mathilde et Rémi sont quatre à eux tout seuls : une Mathilde et un Rémi habituels, qui font comme si de rien n'était, et une Mathilde et un Rémi clandestins qui rêvent, en cachette, au jour du Grand Départ.

Bénédicte non plus ne s'est pas rendu compte qu'à la rivière, ils sont plus nombreux à sauter dans la cascade et qu'au jeu des sept familles, elle a deux partenaires, même si elle a remarqué que Mathilde avait parfois un air bizarre.

« Alors, t'es où ? » lui a demandé Bénédicte, à plusieurs reprises...

En rentrant de la rivière, tout à l'heure, Christiane a annoncé qu'elle faisait les valises :

leur départ avec Bénédicte est prévu pour demain midi. Mathilde l'avait oublié, parce que de Départ, il n'y en a qu'un : celui de Rémi et d'elle.

C'est le goûter. Bénédicte chipote sur un éternel biscuit qu'elle ne terminera pas. Mathilde tartine son pain d'une confiture d'abricots fabrication maison.

Bénédicte a son air de celle qui va demander quelque chose à quelqu'un à qui cela ne fera pas plaisir.

Mathilde devance : « Qu'est-ce que tu veux ?

— Je voudrais bien aller à la ferme, pour dire au revoir à Rémi, annonce Bénédicte.

— Ah oui ! dit Mathilde, ravie.

— Ouais, mais voilà, je voudrais bien y aller sans toi ! »

Mathilde sursaute : « Pourquoi sans moi ?

— Parce que, répond Bénédicte, impénétrable.

— Parce que quoi ? s'énerve Mathilde.

— Ben, comme ça ! »

Et Bénédicte d'éclater : « Rémi, tu l'as eu tout le temps pour toi toute seule, alors je peux bien l'avoir pour moi, juste pour lui dire au revoir, non ! »

Trop de choses bousculent la tête de Mathilde, trop de pensées contradictoires. Ce que lui impose sa meilleure copine est en apparence la chose la plus légitime, la plus innocente, et en même temps la plus inadmissible, la plus tordue.

Que ferait une femme, dans ce cas précis ? se demande Mathilde, pour la énième fois. Un instant, elle se dit qu'elle pourrait peut-être prendre conseil auprès de sa mère mais repousse l'idée, par amour-propre. D'ailleurs l'amour-propre, n'est-ce pas cela, justement, qui conduit Bénédicte à une telle exigence ? Il est vrai que pour elle, les vacances n'ont pas dû lui sembler toujours drôles à trois pas, cinq pas ou vingt pas des choses essentielles et sans en être ! En tout cas, si c'est cela, Bénédicte la tient sa vengeance, car elle sait que Mathilde ne peut pas s'opposer.

Mathilde n'a plus qu'une solution : jouer la grande dame sûre d'elle et magnanime : « Ben, vas-y si t'as envie ! Ça m'est égal. » Et pour n'être pas de reste, elle ajoute finement : « Tu diras à Rémi de ma part : demain après-midi, là où il sait !... »

Tout le temps que Bénédicte passera à la ferme, c'est-à-dire quelques millions, non : des milliards d'années, Mathilde dessinera des libellules amoureuses, des cœurs bleus, sous la photo de sa grand-mère et de Félix. Ce qui lui fera le plus mal : le baiser d'adieu entre Bénédicte et Rémi qu'elle se repasse quelques millions, non : des milliards de fois, crayons taillés pointu pointu.

Mathilde est toujours dans la chambre quand son bourreau revient, visiblement très satisfaite d'elle et ses tennis tout aussi visiblement crottées.

La suppliciée range ses dessins et va s'asseoir sur le fauteuil très original avec les deux sièges qui se tournent le dos pour quand on est fâchés. C'est le moment ou jamais d'en faire un bon usage.

Bénédicte prend l'autre siège. Elles sont dos à dos. Rémi entre elles. Pour lui. A cause de lui. C'est grave. Très grave.

« Alors ? ironise Mathilde.

— Alors, rien !

— Il était là, Rémi ?

— Oui, il était là.

— Vous avez fait quoi ?

— Rien. On a rien fait. On a causé.

— Vous avez causé de moi ?

— Non...

— Ben, de quoi alors ? »

Bénédicte ne répond pas. Elle ne répondra pas, ni aujourd'hui ni demain. De toute façon demain il sera trop tard, puisqu'elle s'en va. Mais Mathilde a besoin de savoir surtout pour le baiser d'adieu, seulement pour le baiser. Elle revient à la charge :

« Vous vous êtes dit au revoir ?

— Oui.

— Donc il t'a embrassée ?

— Oui...

— Mais comment ? Comment il t'a embrassée ? »

Bénédicte ne répond pas. Elle ne répondra pas. Ni aujourd'hui ni demain.

« Sur la bouche ? insiste Mathilde, prête à tout.

— Non...

— Mais où ça, alors ? crie Mathilde.

— Là », dit Bénédicte, calmement.

126

Mathilde se retourne. Bénédicte désigne sa main, le dos de sa main.

« Il t'a embrassé sur la main ? balbutie Mathilde.

— Oui... Comme dans un film qu'il a vu, à la télé, dit Bénédicte en se rengorgeant.

— Et c'est tout ?

— Ben oui ! C'est tout ! Pourquoi ? » s'étonne Bénédicte.

Mathilde lui saute au cou. Sa copine. Sa meilleure copine. Sa copine de toujours. Ne sont plus fâchées. Plus fâchées du tout. Ne l'ont jamais été. Ne le seront jamais. A la vie à la mort...

Il va sans dire que le dîner qui suivra sera à la gaieté. Pour honorer le repas où les mères vont se surpasser, autant en qualité qu'en quantité, les filles ont soigné leurs toilettes. Quand, par-dessus la robe en dentelle blanche (en hommage à Christiane), elle a accroché autour de son cou le collier de perles, avec le coquillage en forme de cœur au milieu (en hommage à Bénédicte), Mathilde, sans doute aidée par la photo de Séville sur le secrétaire, a trouvé, enfin, ce que lui rappelait ce coquillage : c'est un sublime portrait que Félix a fait de sa grand-mère à Paris, où, sur les paupières de sa fiancée, Félix avait peint deux coquillages d'un rose nacré qui semblaient scintiller du sel de la mer. C'est d'ailleurs en voyant ce tableau que Mathilde avait décidé de devenir peintre, comme Félix, car des yeux coquillages aussi jolis, jamais elle en avait vu...

Le dîner est joyeux, bien que ce soit le dernier ensemble. On évoque les meilleurs moments de ces vacances si réussies. Bénédicte, méconnaissable, en est à son troisième beignet d'aubergine. Peut-être est-ce à cause du baiser comme à la télé car Bénédicte n'a pas voulu se laver les mains avant de passer à table. Céline et Christiane se vantent d'être « un peu pompettes » en se resservant à boire. Rémi revient souvent dans le palmarès des souvenirs et, chaque fois, Mathilde porte la main à son cou, sur le cœur en coquillage. Il est clair que, grâce au coquillage, le regard tendre et complice de bonne-maman est désormais posé sur Mathilde et va la protéger au jour du Grand Départ...

Il est tard quand les mères viennent border les filles, entre deux fous rires. Elles n'ont pas l'air surpris de trouver Mathilde et Bénédicte dans le même lit, à glousser. « Pompettes », les mères sont davantage conciliantes. Ce doit être bien de boire du vin, ça doit rendre tout plus facile. Et puis Mathilde aime tant quand sa mère rit sans raison !

Christiane s'assoit du côté de Mathilde : « J'ai un cadeau pour toi », dit-elle en sortant quelque chose de sa poche.

C'est la photo de Rémi, en maillot de marin, assis sur son bidon rouillé au milieu des chèvres. Mathilde se demande si elle va pleurer ou rire. Elle choisit un peu des deux en finissant par le rire. Christiane n'a pas autant le don des mots que sa mère mais côté gestes, elle est la meilleure. Mathilde comprend pourquoi Céline a tant besoin d'elle pour faire les gestes qu'il faut lorsqu'*il* n'est pas là, ou bien après qu'*il* a claqué les portes. Si Mathilde devait parler à quelqu'un du Grand Départ, c'est peut-être à Christiane qu'elle se confierait...

Après des embrassades sans fin, les lumières s'éteignent.

Bénédicte et Mathilde retirent leurs chemises de nuit et se serrent l'une contre l'autre sous les grands voiles blancs. La peau de Bénédicte est douce partout, y compris aux coudes et aux genoux. Elle ne sent pas la cacahuète salée. Elle aussi est sucrée, quand Mathilde passe sa langue dessus, avec un léger goût de réglisse.

Mathilde a gardé le collier de perles avec le coquillage qui crisse sur le drap. Les grillons chantent derrière le volet entrouvert qui laisse passer une lueur de lune.

Au plafond : rien. Pas le moindre monstre mi-homme mi-bête.

Mathilde pense à la photo de Rémi glissée sous l'oreiller, Elle y pense tant que ses jambes se nouent à celles de Bénédicte. Le nœud avec Bénédicte est très agréable, beaucoup plus qu'elle ne le pensait. A croire que le nœud avec une fille, ce n'est pas si différent du nœud avec un garçon...

« Tu dors ? chuchote Mathilde dans le cou de Bénédicte.

— Non, dit Bénédicte, à qui le nœud semble plaire tout autant.

— T'as la chair de poule, toi ?

— Non. Pourquoi ? Tu l'as, toi ?

— Non. Je l'ai pas, constate Mathilde.

— C'est normal, conclut Bénédicte. Il fait trop chaud ! »

Mathilde voudrait bien lui dire, à sa meilleure copine, que la chair de poule, ce n'est pas quand on a froid. Mais à quoi bon...

Christiane et Bénédicte parties, la maison paraît toute vide.

Mathilde s'est tellement habituée à ce que Bénédicte la suive partout que maintenant qu'elle n'est plus là, elle lui manque vraiment. Céline également semble tourner en rond.

Pour une fois, la nature fait preuve de solidarité. Un vent furieux s'est mis à souffler sur la maison et le jardin.

Mère et fille sont convenues de ne pas renoncer à la rivière, en dépit de la fraîcheur soudaine de l'air. Rémi, comme à l'accoutumée, les attend à l'entrée de la ferme, en tenue de gymnastique, plus ébouriffé que jamais, dans le vent.

Quand elle retrouve Rémi, Mathilde ne peut l'empêcher la petite appréhension : et si... Et si Rémi ne l'aimait plus autant ? Mais heureusement, au premier regard, elle respire : oui, il l'aime autant, et même plus, depuis qu'ils ont juré devant les tournesols...

« Il est terrible ce mistral, n'est-ce pas ? claironne Céline, en prenant Rémi à témoin dans le rétroviseur.

— Le mistral, c'est pour les touristes ! C'est

la bise. C'est la bise qu'on l'appelle ! répond Rémi, du tac au tac.

— Ah bon ! » dit Céline qui n'insiste pas.

Mathilde sourit à Rémi. A son loup. Il lui plaît, Rémi, quand il redevient sauvage, un peu impertinent. Et puis, un vent qui a un nom de baiser, surtout venant de lui, elle trouve cela formidable.

Bénédicte absente, Mathilde et Rémi n'attendent pas les virages pour que leurs genoux se touchent mais ils les attendent pour se chuchoter des choses à l'oreille, à cause des yeux de Céline dans le rétroviseur.

Le regard de sa mère, quand elle le croise, intrigue Mathilde. Dedans, il y a de la tendresse, mais aussi du souci. Céline a ce même regard quand Mathilde a beaucoup de fièvre et que le docteur tarde à venir. On dirait aujourd'hui que sa mère est moins contente de les voir ensemble, Rémi et elle, qu'elle s'inquiète de quelque chose...

« Ça va, maman ? finit par demander Mathilde.

— Oui. Ça va, ma chérie, répond Céline. Mais..., ajoute-t-elle. J'espère... j'espère simplement que le vent va tomber avant notre départ. »

Le mot les fait sursauter, à l'arrière. Pas le mot « vent », le mot « départ ». Mathilde ne pense pas que ce soit le vent, non plus, qui inquiète sa mère. Non, elle ne le pense pas. Voilà, le moment est arrivé. Le moment est arrivé de savoir, pour le départ.

Elle glisse sa main dans celle de Rémi.

« Alors... on part quand ? demande Mathilde qui essaie d'être naturelle.

— Demain... demain midi... », répond Céline en évitant sa fille dans le rétroviseur.

A l'arrière, les deux mains se serrent, fort. Demain !...

Elle redoutait cette réponse. D'habitude, demain c'est toujours trop loin puisque ce n'est pas aujourd'hui. Mais là, demain c'est maintenant, autant dire tout de suite !

Mathilde regarde Rémi. Ils pensent à la même chose, à leur départ à eux, au Grand Départ. Ils pensent la même chose : que c'est pour cette nuit.

Plus personne ne parle jusqu'à la rivière...

Le soleil est brûlant mais le vent glacé. Ni Rémi ni Mathilde n'ont la tête au jeu. Après quelques plongeons de principe dans la cascade, ils se ruent sur les serviettes de bain et le pique-nique derrière un petit muret de galets qui les protège du vent et de Céline, allongée un peu plus loin pour un bronzage intégral, dont Rémi a suivi avec intérêt la progression, côté pile, puis côté face, ce que Mathilde trouve naturel pour un garçon normalement constitué et, qui plus est, condamné, n'ayant pas sa propre mère, à regarder les mères des autres. Sa maman, Rémi continue de ne pas vouloir en parler, même quand ils sont seuls, mais il est très loquace dès qu'il s'agit de son père... Rémi aussi, comme Mathilde, se demande bien pourquoi les pères disparaissent aussi systématiquement. Mais il est bien décidé à le retrouver.

Rémi et Mathilde mettent au point le Grand Départ. L'heure, le lieu, tout. Ils ne savent pas encore s'ils s'en vont pour toujours ou juste en voyage, comme bonne-maman et Félix.

Mathilde a proposé Séville mais Rémi préfère l'Italie parce que, grâce au père Fougerolles, il connaît déjà le mot tomate en italien. Rémi pense que les langues c'est très important. Mathilde, c'est l'accent de Rémi qui la séduit le plus. Un jour elle lui a dit : « Quand tu parles, on dirait que tu chantes. » Alors Rémi a expliqué à Mathilde que si elle ne chantait pas en parlant, c'est parce qu'elle ne finissait pas les mots, qu'elle parlait pointu.

C'était très intéressant comme discussion. Pour finir, tous deux avaient tiré leur langue pour les comparer. Voir si la langue de Mathilde était plus pointue que celle de Rémi. Mais la différence des accents, c'est difficile à voir comme ça, même en s'embrassant très longtemps comme ils l'ont fait ensuite...

Mathilde a dit oui pour l'Italie, pas pour des raisons linguistiques mais à cause des glaces, puis, avec toutes les serviettes de bain et des morceaux de bois que Rémi a trouvés dans la rivière, ils ont fabriqué une tente, comme dans le Sahara. Dans la tente, la place est réduite. Leurs sandales ôtées, ils s'allongent, tête-bêche, les jambes repliées.

Mathilde est émue car c'est leur première chambre et la première fois qu'ils dorment ensemble, même s'ils font semblant, même si jamais ils n'ont été aussi éveillés. D'être genoux contre genoux, jambes contre jambes, à l'envers de Rémi, rend Mathilde tout électrique comme un jour d'orage.

Son maillot une pièce (qu'elle a choisi, avec sa mère, pour sa couleur jaune et son décolleté prometteur) est encore humide et la picote un peu partout.

Ils ne disent rien, puisqu'ils sont censés dormir, mais elle est certaine que le mélange de cacahuète et de vanille, Rémi le sent aussi. Les serviettes claquent dans le vent. Mathilde fait celle qui dort. Elle ignore ce qu'elle attend, mais elle attend.

D'abord, c'est imperceptible, puis, plus précis : les doigts de pied de Rémi se promènent sous sa cuisse. On dirait une petite souris ou plutôt, le museau d'un chat qui flaire un bol de lait tiède.

Ne pas bouger. Voir où veut aller le chat. Mathilde, les yeux fermés, suit le museau délicat qui lui chatouille la peau. Il va vers là où elle pensait, lentement mais avec assurance...

A la mer, quand ses cousins creusaient des trous dans le sable entre les jambes de Mathilde, eux aussi l'avaient flairé, le bol de lait, mais jamais ils n'avaient osé s'approcher d'aussi près. Rémi, lui, ose. Un amoureux, c'est normal qu'il ose. Il a le droit.

Dehors, la bise fait une pause. Grand silence. La rivière seule tinte sur ses pierres xylophones.

Toute sa vie Mathilde voudrait faire celle qui dort, à attendre Rémi et son museau de chat...

« Qu'est-ce que vous faites là-dessous ? »

La voix de Céline claque plus que le vent.

Elle a son air de mère suspicieuse que Mathilde déteste.

« Ben rien ! On fait rien ! On dort ! » balbutie Mathilde, tandis que le chat gourmand se cache de son mieux.

Houspille. Remettre tout en place. Se rhabiller. Se dépêcher. Rentrer à la maison et plus vite que cela !

Sur le chemin du retour, les yeux de Céline sont fâchés dans le rétroviseur. Mathilde soupire. Rémi ne se penche pas sur elle dans les virages. Il se tient tout droit à l'extrémité de la banquette.

Mathilde médite tristement sur le pouvoir des mères, leur imprévisibilité surtout.

Que veut-elle, à la fin, sa mère ? Il faudrait qu'elle décide si, oui ou non, elle a envie d'un amoureux pour sa fille.

Mathilde à son tour est fâchée. On ne rentre pas chez les gens sans frapper à la porte, même quand la porte est une serviette de bain !

D'être fâchée la console, puis d'être fâchée l'arrange : n'est-ce pas mieux que sa mère soit devenue son ennemie la nuit où Mathilde va la quitter, sans même lui dire au revoir, sans le câlin d'adieu ?...

Minuit est une bonne heure pour partir en amoureux mais cela exige beaucoup d'endurance. Il faut résister au sommeil et ne pas trop regarder les plafonds. Les monstres de la nuit ne visitent pas uniquement les chambres, ils peuvent parfaitement se déplacer dans les autres pièces de la maison, la cuisine par exemple, où Mathilde a fini par s'installer face à l'horloge, qui sonne tous les quarts d'heure et près de l'armoire à provisions, rayon sucreries.

Assise à la table de la cuisine, elle joue, à sa façon, aux sept familles au milieu des biscuits et des confitures.

Elle a déjà marié la fille Lagonflette avec le fils Grosbêta et fait naître une fille dans la famille Vermicelle, qui n'espérait plus avoir d'enfants. Elle a du mal à faire mourir les grands-parents, les grands-mères surtout.

Il faudra qu'elle demande à Rémi son nom de famille car elle aimerait bien savoir comment va s'appeler leur famille, à eux, quand ils reviendront de voyage.

Dehors, le vent continue de souffler et les volets battent, mais elle a quand même mis sa robe à pois, avec les froufrous aux bras, celle que Rémi préfère, ainsi que le collier au coquillage en forme de cœur, pour que bonne-maman les protège.

Dans sa petite valise, où elle range d'ordinaire son matériel à dessin et ses objets précieux (comme le caillou rose de Rémi ou la photographie de sa grand-mère), elle a ajouté, en plus de sa nouvelle trousse de toilette et du flacon de lavande, la robe blanche de Christiane (si jamais ils se mariaient en Italie), le pantalon corsaire à carreaux avec la chemisette blanche qui se noue sur le ventre (au cas où ils croiseraient une balançoire), le caraco rose à rubans (avec la recette de sa mère qui n'a pas encore donné vraiment de résultat, les boutons-pression restant pour le moment identiques à eux-mêmes) et le maillot une pièce jaune (pour que le museau du chat revienne les jours de sieste).

Quand elle sent qu'elle va s'endormir, elle mange un autre biscuit, même si elle n'a plus faim depuis longtemps.

Elle a bien cru que sa mère ne se coucherait jamais. Céline buvait tilleul-menthe sur tilleul-menthe. Sa colère était passée et on aurait dit qu'elle s'en voulait de n'avoir pas frappé contre la serviette de bain avant d'entrer dans leur chambre. Elle a évoqué Rémi à plusieurs reprises en redoublant d'attention à l'égard de sa fille, lui parlant très gentiment jusqu'à ce que Mathilde se rappelle que, bien sûr, Céline ne savait pas pour le Grand Départ, que, bien sûr, pour elle, c'était en quelque sorte leur dernier soir à Rémi et Mathilde.

Le mensonge, Mathilde connaît, comme toutes les filles. On ne peut pas y échapper. Il faut bien mentir à sa mère. Cela fait partie de l'éducation. Mais il y a mensonge et mensonge. Se sauver en cachette constitue quand même un mensonge grave. Pendant le dîner, Mathilde plusieurs fois a été sur le point de tout avouer, tellement elle se sentait coupable, surtout quand Céline a posé sur la table un magnifique compotier rempli d'îles flottantes, le dessert des grandes occasions...

Mathilde, finalement, a tenu bon : elle n'a rien dit, et elle est sûre que cela l'a fait grandir un peu plus. Un tel mensonge, c'est forcément bon pour les boutons-pression. Cela doit aider à faire pousser les seins, et le reste. De toute façon, maintenant, il est trop tard pour regretter. Maintenant, elle a rendez-vous avec Rémi, à minuit, à la cabane. C'est elle qui a insisté pour la cabane qui se trouve tout près de la maison, parce que Mathilde, dehors... La nuit... Toute seule...

Les volets battent de plus en plus, presque autant que son cœur tam-tam, car minuit, c'est dans un quart d'heure, annonce le carillon.

C'est *lui* qui lui a appris à lire l'heure. Qui sait, peut-être qu'*il* l'avait fait exprès, en pensant que sa fille en aurait besoin un jour pour partir avec Rémi ? Elle se demande si *lui* aussi, *il* aurait surgi, sans frapper contre la serviette de bain, en criant « Qu'est-ce que vous faites là-dessous ? »

Mathilde range son jeu des sept familles et referme les pots de confiture.

Il est l'heure.

Dans les films, ou bien dans les livres que sa mère lui a lus, elle a connu des petites filles qui s'en allaient, souvent pour toujours. Parfois Mathilde avait pleuré avec elles. Mais c'est très différent quand c'est avec un amoureux, quand c'est pour de bon. Ce n'est pas vrai qu'on est malheureux. On se dit juste « Il est l'heure » et on ne ressent rien, rien du tout.

Mathilde, sa valise à la main, sort de la cuisine par la porte qui donne sur le jardin. Le ciel est rempli d'étoiles et pourtant l'air froid la saisit, plaque les pois jaunes sur ses jambes. Devant elle : la cabane, Rémi, l'Italie. Derrière elle : la maison, maman, l'école.

Si on veut grandir encore, il faut aller devant, pas derrière. C'est tout. Sinon on reste toujours une fille. C'est pourtant de derrière que la voix vient, la voix de toujours :

« Mathilde ? »

De nouveau Mathilde entend Ma-Thilde. C'est sa Thilde à elle que sa mère appelle avec, dans la voix, plus d'étonnement que de contrariété.

La Thilde se retourne. Céline, de la fenêtre de la chambre à demi éclairée par la lune, semble s'éveiller d'un mauvais rêve :

« Mais qu'est-ce que tu fais là ? »

Mathilde se dit que décidément, sa mère a le don de surgir quand il ne faut pas, aux moments cruciaux. Elle a le don de poser des questions qui ne se posent pas : qu'est-ce qu'elle fait là ou qu'est-ce qu'elle faisait là-dessous.

Cette fois, il faut faire face, tenir haut la tête :

« Je m'en vais. Je m'en vais avec Rémi ! répond Mathilde, sans se laisser troubler.

— Comment cela, tu t'en vas avec Rémi ! »

Remue-ménage dans la chambre, portes qui claquent — ce qui n'est pas bon signe — puis Céline en chemise de nuit qui accourt.

Mère et fille, dressées, dans le vent, prêtes à s'affronter. L'une immense, l'autre petite. L'une un peu dépassée, l'autre très tranquille, sa valise à la main.

« Rémi et moi, on va se marier ! » déclare Mathilde.

La bouche de Céline se tord de quelque chose mais il est difficile de voir si c'est de colère ou bien de rire. Peut-être ne le sait-elle pas elle-même, la bouche, ce qu'elle va faire ?

« On part en Italie ! » ajoute la petite, imperturbable.

Mathilde, à la place de sa mère, elle rirait, elle embrasserait sa fille en lui souhaitant un bon voyage, et même, elle l'aiderait à porter sa valise jusqu'à la cabane, voilà ce qu'elle ferait à sa place.

En général, les gifles, on les voit venir. On s'y attend, parce qu'elles sont méritées le plus souvent. Elles ne font pas mal, puisqu'on est d'accord. Mathilde n'en a pas eu beaucoup, dans son existence, mais, toujours, elle était d'accord pour les recevoir.

Celle qui va arriver, elle ne l'aura pas vue

venir. Elle ne s'y attendait pas du tout, puisqu'elle n'était pas méritée, et elle fera très mal, tellement mal que Mathilde se retrouve assise, comme assommée, sur sa robe à pois jaunes, en se tenant la joue.

La bise fait une pause. Silence. C'est à se demander si le vent dans ce pays ne participe pas, d'une manière active et solennelle, aux histoires des gens.

Mathilde ne bouge pas. Une main sur sa joue, l'autre accrochée à la valise, ne dit pas un mot ni ne pleure, car, comme tout à l'heure dans la cuisine, la tension est allée si haut, le tam-tam si fort, qu'à la fin, elle ne ressent plus rien. Rien du tout. Céline, non plus, ne dit pas un mot ni ne bouge, toujours plus immense au-dessus de sa fille.

Il existe un jeu où Mathilde est très bonne : le jeu du « un, deux, trois ». Il ne faut pas que l'autre vous voie bouger, sinon on perd. Là, c'est pareil. Mathilde ne doit pas bouger, sinon elle perd. Tant qu'elle restera par terre, elle gagnera. Donc, elle y reste. Longtemps. Sur les dalles glacées. Le temps d'imaginer Rémi à la cabane, avec sa valise à lui, qui commence à l'attendre. Le temps de la haïr, vraiment, celle qui surgit, celle qui, parce qu'elle n'a plus son amoureux à elle, empêche sa propre enfant de rejoindre le sien, de devenir une femme. Pourtant, elle avait promis, dans le train, qu'on serait entre femmes, à égalité.

Mathilde, la main toujours sur la joue, relève la tête :

« Tu m'as menti ! jette-t-elle avec tout le

mépris dont elle est capable, taillé pointu pointu.

— Comment, je t'ai menti ! réplique Céline, visiblement rassurée que sa fille ait retrouvé la parole mais interloquée aussi par son attaque.

— On est pas entre femmes ! C'est pas vrai ! » ajoute Mathilde, dépitée.

Céline descend de ses hauteurs. Elle s'assoit face à sa fille sur les dalles glacées. C'est sûr que c'est mieux ainsi pour se parler, puisqu'on se parle encore, mais dangereux pour Mathilde qui pourrait bien s'émouvoir, moins la haïr cette mère qu'elle aime.

« C'est toi, Mathilde, qui m'as menti », dit Céline, très doucement, en détachant bien chaque mot et, avant que Mathilde ne reprenne ses esprits, avec une démesure dont elle ne la croyait pas capable, sa mère fond en larmes.

Elle a déjà vu Céline pleurer. A cause de *lui*. Parce qu'*il* ne vient pas, ou parce qu'*il* est venu. Parce qu'*il* n'écrit pas, ou parce qu'*il* a écrit. Le plus souvent en cachette. Mais ces larmes, c'est autre chose : ce sont les plus terribles qu'elle ait vues car, pour la première fois de sa vie, Mathilde fait pleurer sa mère. Qu'est-ce qu'on fait dans ces cas-là ? Qu'est-ce qu'on fait quand, les cheveux lâchés, les pieds nus, le visage enfoui dans une chemise de nuit blanche et secouée de sanglots, sa propre mère, par sa propre faute, se met à ressembler à une petite fille ?

Est-ce qu'il faut faire la mère à son tour ? Bouée, canot de détresse. Naufrage à l'horizon.

De nouveau, Mathilde se demande si elle ne serait pas un peu petite pour un drame aussi grand. Alors, maladroite, elle prend Céline dans ses bras, lui caresse les cheveux, la berce tant qu'elle peut, elle qui n'a jamais bercé personne, pas même les poupées qu'elle a toujours détestées. Elle dit des mots de mère, des « Ce n'est pas grave », des « Je suis là ma chérie » avec l'impression bizarre du monde à l'envers, du sens dessus dessous, de la grande roue...

Enfin, Céline se calme. Bientôt se redresse, reprend sa taille, ses dimensions de mère, mais pas au point de prendre sa fille frigorifiée dans ses bras. Elles rentrent à la maison à petits pas, en s'appuyant l'une sur l'autre. On dirait deux blessées qui reviennent du champ de bataille, comme dans les films de guerre auxquels Mathilde a toujours préféré — elle comprend encore plus pourquoi — les films d'amour.

Dans sa main libre, Mathilde tient sa petite valise. La valise aussi rentre à la maison, et la robe blanche et le pantalon corsaire et le caraco rose et le maillot une pièce rentrent à la maison.

Il va de soi que Mathilde se couche dans le lit de Céline, avec sa robe à pois que ni l'une (la mère) ni l'autre (la fille) n'ont le courage de retirer. Il va de soi qu'elles se serrent très fort. Câlin. Câlin de paix. Câlin colombe.

Mais au moment où leurs jambes vont s'enrouler ensemble dans le sommeil, Mathilde se rend compte que le nœud avec sa mère, elle ne peut pas le faire. Alors, seulement, elle repense à Rémi qui l'attend à la cabane. Alors, seulement, elle se met à pleurer. Seule.

Sa mère dort déjà, les bras refermés sur la robe à pois jaunes.

La bise est tombée. Les cigales se le disent. Mathilde tourne la tête vers les persiennes qui laissent filtrer le soleil. Elle a mal aux yeux, au ventre, à la joue, mal partout où l'on peut avoir mal.

Sa robe à pois jaunes, toute froissée, est là, sur le fauteuil en osier, mais la valise a disparu.

La porte s'ouvre :

« Le petit déjeuner de mademoiselle ! »

Céline est superbe, de très bonne humeur, le plateau impressionnant, avec, dessus, tout ce que Mathilde aime.

« Si mademoiselle veut bien se donner la peine ! »

Céline pose le plateau sur le lit et ouvre les persiennes. L'été s'engouffre dans la chambre. On dirait une publicité à la télé tellement tout est exagéré : la lumière, les sons, les odeurs...

Céline s'allonge au côté de sa fille.

Le dernier petit déjeuner au lit, c'était à Paris, la veille du départ en vacances. Elle s'en souvient parce que sa mère lui avait vanté la Provence exactement comme elle est ce matin, Mathilde, butée, ne jurant que par l'océan. Elle ne savait pas, alors, ce qui l'attendait. Elle ne savait pas pour Rémi. Personne ne savait !

Le prochain petit déjeuner avec sa mère, ce sera de nouveau à Paris... Mathilde a mal, aux yeux, au ventre, à la joue, partout où l'on peut avoir mal.

« Maman...

— Oui, ma chérie ?...

— Rien !... »

Non. Rien à faire. Rien à dire.

Mathilde mange ce que Céline lui propose, comme elle l'a toujours fait, comme elle le fera encore. Mais rien à faire, rien à dire. Même avec une mère qu'on ne hait plus, le mal est sans partage, sans remède. Mathilde a mal à Rémi... C'est avec ce mal qu'elle va se laver, se coiffer et s'habiller comme une petite fille ordinaire qui part en voyage...

En sortant de sa chambre, Mathilde s'arrête net : elle reconnaît la voix de madame Fougerolles dans la cuisine. Céline et la fermière sont en grande conversation mais elles changent de sujet à son arrivée, en s'activant au ménage. Madame Fougerolles embrasse Mathilde mais on voit bien qu'elle n'est pas comme d'habitude. Seul Léon semble sincère. Il lui lèche la main.

Mathilde, suivie du chien qui gambade autour d'elle, s'éloigne de la maison. Elle se sent à la fois fière et furieuse. Fière de fournir un sujet de conversation, furieuse d'en être écartée alors qu'elle a le rôle principal, avec Rémi, bien sûr. Rémi... Est-il venu à la

cabane ? Et si il avait reçu une gifle lui aussi ?
Et s'il en avait reçu plusieurs ?

Mathilde pénètre dans le jardin, avec le mal de Rémi... La vue de la cabane vide, sans trace de passage, est une vraie torture. Tout le jardin est une vraie torture, car partout elle voit Rémi, à l'endroit, à l'envers, dans toutes les positions. Elle n'en revient pas qu'on puisse voir, avec une telle netteté, quelqu'un qui n'est pas là. Mais où est-il, en vrai ? Et si le père Fougerolles l'empêchait de sortir ? Et si on l'avait enfermé, de force, avec les chèvres ?

Elle regarde Léon qui l'écoute parler toute seule, en remuant la queue. Lui sait, mais il ne peut rien dire... A force de penser, de parcourir les allées du jardin, Mathilde se retrouve tout naturellement là où elle devait se retrouver. Quand elle arrive, le mal de Rémi pèse tant qu'elle doit s'appuyer contre la barrière. La barrière aux tournesols...

De nouveau, Mathilde chavire. Mais pas d'éblouissement. Pas d'émerveillement. Les milliers de tournesols la fixent d'un regard si noir qu'elle recule d'un pas. Il lui faut un moment pour comprendre qu'il s'agit bien de leurs tournesols à eux car il ne reste rien du jaune qui donnait le vertige. Seulement des têtes calcinées par un grand feu invisible.

Dans ses dessins, jamais Mathilde n'utilise le noir. C'est une couleur qu'elle a toujours détestée. D'ailleurs, elle ne la considère pas comme une vraie couleur. Pour dessiner la mort du chien de Félix, elle ne s'en est pas servi non plus.

Léon, qui semble lire dans ses pensées, s'assoit aux pieds de Mathilde et contemple, lui aussi, le désastre. Ensemble ils écoutent la plainte des fleurs. Toutes les têtes noircies et tordues lui disent la même chose, à Mathilde : Rémi n'est pas là et il ne viendra pas.

Main droite en visière... De l'autre côté du champ, la ferme sous son toit d'ocre paraît très loin, mais peut-être la voit-il, malgré tout, car c'est de ce côté, vers les tournesols, forcément, qu'il regarde, si on l'a enfermé, de force, avec les chèvres.

D'avoir Léon près d'elle la réconforte. Elle trouve d'ailleurs qu'il ressemble de plus en plus au chien de Félix. Peut-être certains chiens ressuscitent-ils avec un nouveau maître plutôt que de mourir définitivement ?...

Longtemps Mathilde attend, en soupirant au-dessus des noirs tournesols. C'est le chien qui l'arrache à ses méditations, très agité soudain, comme impatient de partir. Elle soupire une dernière fois et, devancée par Léon, elle rebrousse chemin, par la balançoire...

Elle n'a pas de montre mais le temps, elle le sent qui passe, vite. Trop vite. Au mal de Rémi s'ajoute un autre mal : la terreur de prendre le train sans l'au revoir, sans l'adieu.

Si c'est ainsi, elle va mourir, ou bien tomber très gravement malade, jusqu'à ce que sa mère, affolée, capitule et les envoie d'elle-même en Italie, en les suppliant d'être du mariage, en leur demandant pardon aussi...

Sur le moment, Mathilde ne voit rien, tout occupée qu'elle est à choisir, parmi toutes les

150

maladies, la maladie si grave qui pourrait contraindre Céline à une si heureuse décision. Ce sont les jappements de Léon qui la font sursauter.

A quelques mètres, assis à sa place à elle sur leur balançoire, un garçon en maillot de marin la regarde venir.

Des garçons qui regardent venir les filles, il y en a eu, il y en aura, mais aucun n'a eu et n'aura ce regard lumineux qui trace ce trait de lumière de lui à elle, qui dessine, entre ciel et terre, ce fil d'or sur lequel elle va voltiger, éblouie.

Roulement de tambour.

Il tend la main pour le dernier mètre qui les sépare encore, sa main carrée au bout, et Mathilde est devant lui.

Un garçon et une fille debout, qui se regardent en silence, non, il n'y en a pas eu, il n'y en aura plus.

Sous la robe de voyage, le tam-tam bat à l'endroit mais aussi à l'envers, un tam pour la joie, un tam pour le désespoir. Joie de revoir Rémi. Désespoir de le quitter. Est-ce qu'on survit à une telle contradiction ? La maladie grave lui paraît toute choisie : c'est du cœur, si elle se meurt, c'est du cœur qu'elle mourra...

« Je la connais pas, cette robe ! dit Rémi, pour dire quelque chose.

— C'est la robe pour prendre le train, répond Mathilde, le plus légèrement possible.

— J'aime mieux la robe à pois !

— Moi aussi..., dit Mathilde en pensant à sa

tenue de la nuit dernière. Alors, t'es venu, à la cabane ? demande-t-elle, soudain agitée.

— Non, j'ai pas pu.

— T'as reçu une gifle ?

— Oui.

— Ben moi aussi, j'ai reçu une gifle. Ça fait mal, hein ?

— Non, ça fait pas mal ! » réplique Rémi le brave, Rémi son loup, si fier que Mathilde imagine que des gifles, il en a certainement reçu plus d'une.

Il ne doit pas y en avoir beaucoup des garçons qui reçoivent des gifles pour une fille et qui trouvent que ça fait pas mal.

Rémi et Mathilde, immobiles près de la balançoire, voltigent sans bouger, sous le cèdre du Liban.

« Alors, c'est pas nous deux qu'on s'en va, conclut Rémi comme s'il se parlait à lui-même.

— Non, c'est pas nous deux... »

Mathilde relève la tête. A son tour d'être fière. A son tour d'être brave :

« Ben, je peux pas laisser ma maman toute seule. Il faut que je m'occupe d'elle, à Paris », dit-elle, gravement, car elle revoit sa mère en sanglots, dans sa chemise de nuit blanche et le monde à l'envers, le sens dessus dessous.

Rémi se tait. On dirait qu'il fait un terrible effort pour se rappeler quelque chose ou quelqu'un. Ce qu'elle vient de dire semble le tirer en arrière, loin, et son visage change. On a l'impression qu'il va pleurer mais il ne pleure pas, en tout cas pas avec des larmes, mais Mathilde trouve que c'est pire.

C'est d'une drôle de petite voix qu'il aura cette réponse, sobre, définitive :

« T'as raison, la Thilde. T'as raison... »

Mathilde sent venir ses larmes à elle. Les deux tam de son cœur battent plus à l'envers qu'à l'endroit.

Elle voudrait bien qu'il sourie, Rémi.

« C'est quoi ce que t'aimes le plus de moi ? » lance-t-elle alors, comme on lance une bouée, même si personne peut l'attraper.

Rémi revient de sa lointaine errance et les yeux dans ceux de Mathilde, il répond sans hésiter :

« C'est que t'as jamais peur, juste un peu. »

Et il sourit de toutes ses dents, moins une. Elle ne s'attendait pas à cette réponse. Elle croyait qu'il dirait « tes cheveux » ou bien « tes yeux ».

C'est maintenant, maintenant qu'il faut se séparer. Forcément. Pendant qu'ils se sourient. Que font les amoureux dans ces cas-là ? Dans les films, ils s'embrassent sur la bouche. Oui, mais eux ?

C'est Rémi qui décide, c'est sa spécialité, les décisions. Il ne dit rien. Simplement, il s'éloigne comme il fait d'habitude chaque fois qu'ils se quittent. Mathilde, qui a compris, compte avec Rémi :

Un. Deux. Trois. Quatre. Cinq. Six. Sept !...

A « sept », Rémi se retourne et là, ils se regardent, de nouveau. Sourires. Mathilde l'aperçoit encore le petit trou où manque la dent de Rémi, là où elle a mis le bout rosé de sa langue.

Compas. Equerre. Règle graduée. Papier calque. Carbone. Papier millimétré. Ils se regardent comme si c'était la dernière fois, sauf que, cette fois, c'est vraiment la dernière.

Mathilde est dans le train.

Assise, bien droite. Elle écoute les roulements du train sur les rails. Les roulements de train, c'est comme les roulements de tambour, mais sans la voltige.

Un. Deux. Trois. Quatre. Cinq. Six. Sept ! Rémi se retourne. Et les roulements reprennent.

Combien de milliers, non, de milliards de fois, va-t-elle compter, ainsi, jusqu'à sept, pour que Rémi se retourne encore, et pour l'apercevoir, encore, le petit trou où manque la dent ?

En face d'elle, derrière la tablette où Mathilde a posé sa valise, avec tous ses objets précieux dedans, Céline l'observe à la dérobée. Elle observe sa fille qui compte et recompte.

« Tu n'as pas faim, ma chérie ? »

Non, elle n'a pas faim.

Pour compter jusqu'à sept, pour voir quelqu'un qui n'est pas là, il ne faut penser qu'à cela. Il ne faut pas se laisser distraire par les quatre coins d'un biscuit. Rester assise. Bien droite.

Dans la valise, plus de robes, ni blanche ni à pois : de nouveau, le matériel à dessin, mais toujours le caillou rose que Rémi a pêché pour elle, au risque de sa vie, au fond d'un trou d'eau de la rivière, la photographie de sa grand-mère, avec Félix, à Séville, et le collier, le collier avec le coquillage.

Un jour, quand elle sera grand-mère, quand elle sera libre, Mathilde aussi pourra enfin partir et se faire photographier à la terrasse d'un café, main dans la main, avec Rémi, en Italie.

L'autre photographie, celle de Rémi en maillot de marin, sur le tonneau rouillé, au milieu des chèvres, elle l'a mise dans sa poche. Comme cela, elle peut la toucher autant qu'elle veut, le toucher lui.

Mathilde ne colle pas son front à la vitre. Elle ne joue pas à la buée.

Derrière la vitre, le jaune recule, le vert l'emporte, elle s'en doute bien, mais elle ne veut pas voir. Veut voir seulement Rémi qui se retourne et qui lui sourit sous le cèdre, à côté de la balançoire.

« Tu n'as pas froid, ma chérie ? »

Si, elle a froid. Mais malheureusement, elle n'a pas la chair de poule, parce que la chair de poule...

« Tu veux venir sur mes genoux ? ».

Non, elle ne veut pas.

Le câlin, le câlin du froid, contre l'étoffe soyeuse et parfumée du chemisier, ce n'est pas bon pour compter jusqu'à sept et puis, contre un froid pareil, aucune mère ne peut rien.

Alors, puisque Mathilde est une grande fille, Céline n'arrête pas de parler de la grande école où Mathilde va entrer, pour la première fois.

Elle voudrait bien lui dire, à sa mère, que la grande école, elle connaît déjà, que c'est Rémi qui l'a déjà emmenée, avant tout le monde, à l'école des grandes.

Et si *lui, il* ne la reconnaissait pas sa fille, tellement elle a grandi ?...

Elle a dû s'endormir, assise, bien droite, car le train ralentit et Céline annonce qu'on n'est plus très loin de Paris maintenant. Cette fois, Mathilde se penche à la fenêtre, le front contre la vitre. Et là, elle les voit.

Le long du train qui s'étire à la lisière de la ville grise, plus jaunes que le jaune absolu, leurs têtes vives tournées vers elle, des milliers de tournesols la regardent fixement.

« Mais il y a des tournesols ici ? s'écrie Mathilde, suffoquée.

— Bien sûr. Bien sûr ma chérie, répond sa mère. Il y en a partout des tournesols ! »

Composition réalisée par JOUVE

Achevé d'imprimer en août 2007 en Espagne par
LIBERDÚPLEX
Sant Llorenç d'Hortons (08791)
Nº d'éditeur : 89445
Dépôt légal 1re publication : mars 2001
Édition 04 - août 2007
Librairie Générale Française – 31, rue de Fleurus – 75278 Paris cedex 06

31/5053/2